神様からの手紙
喫茶ポスト

新津きよみ

角川春樹事務所

神様からの手紙——喫茶ポスト

プロローグ

生き延びた郵便ポスト

無職　宮園寿美子（山口県　77）

全国的に空き家が増えていると聞きますが、私の住む地も例外ではありません。四百世帯が暮らすかつての新興(しんこう)住宅地には、たばこ店も酒店も雑貨店もありました。いまは高齢化が進み、街から出た若者は戻らず、近くの商店街はシャッター街と化しています。

空き家となった元たばこ店の前にある地域唯一の郵便ポストも赤さびが浮き、「高齢化」が進んでいました。撤去されるといううわさを耳にした私は、午前中に一便だけあるコミュニティーバスに乗って、市中心部の郵便局の本局までポスト更新の要望書を持参しました。

ポストが撤去されてしまえば、東京に住む孫娘に絵手紙を送るのを生きがいにしている私は困りはてます。別のポストは二キロほど先にしかなく、車の運転ができず、パソコンや携帯メールも利用できない高齢者には切実な問題です。

「一日に平均三通ほどしか投函されないので」と、郵便局員は撤去の方向にあることを否定しませんでした。私はすがる思いで市役所の市民課を訪ね、窓口で実情を訴えました。すると、十日ほどして課から吉報がもたらされたのです。「郵便局に問い合わせたところ、当面、撤去しないそうです」という返事でした。

諦めずに訴えてよかったです。郵便事業が民営化されて以降、利用の少ないポストを維持する苦労は察しますが、人の息遣いやぬくもりをじかに感じられる「手紙」を愛する人はたくさんいます。

地域にポストを残す決断をされた方々に心から感謝します。

第一部

1

「お待たせしました」

注文したコーヒーをテーブルに置いたのは、細長い指をした男性店員だった。

──左利きなのかしら。

片岡絵真は、カウンターのほうへ戻って行く男性店員の後ろ姿を見ながら思った。カウンターでドリップ式のコーヒーをいれていたときも、手首にシルバーのバングルのはまった左手で静かに湯を注いでいた。

絵真自身は右利きだが、亡くなった父親が左利きだった。

シンプルな白いコーヒーカップから馥郁たる香りが立ち上る。いい豆を使っていそうだ。

ほどよい厚みのカップの縁に口をつけると、豆を厳選しているのだろう、予想したとおり、おいしい。酸味と苦味のバランスがとれていて、少し遅れて甘みがやってくる。

コーヒーはブラックで飲むという飲み方も、亡くなった父親譲りのものだった。

ランチタイムがとうに過ぎた午後四時。中途半端な時間帯のせいか、店内には絵真のほかにサラリーマンらしき一人客がいるだけだ。彼は仕事の途中なのだろう、コーヒーを飲みながら、何か書類に目を通している。

絵真は、バッグからピンク色の封筒を取り出すと、しまってあった一枚のはがきを引き出した。

そのはがきには紫陽花が大きく描かれ、余白に筆字で「絵真ちゃん、梅雨の時季こそ表に出ましょう」と書かれている。ピンクがかった花びら、青がまさった花びら、と花びら一枚一枚が微妙に色分けされており、絵手紙に使う顔彩と呼ばれる特殊な絵の具のにじんだ風合いが郷愁を誘う。

絵手紙から顔を上げると、店内の赤い郵便ポストへと視線を移す。それは、入り口近くに設置されていて、ガラス窓越しに外からも見える。昔ながらのよくある丸形タイプの形状だが、赤いペンキがきれいに塗られて艶があり、新品さながらの佇まいだ。

祖母が利用しているのは赤さびの浮いたポストだという。その古ぼけたポストにははがきを投函する祖母の姿が、絵真の脳裏に浮かんだ。

絵真の祖母である宮園寿美子は、二年前に夫を亡くしてから、山口県の岩国市で一人暮らしをしている。最後に寿美子に会ったのは、今年の正月だったから、五か月前になる。

しかし、絵真は、遠く離れていても、寿美子の存在をつねに身近に感じている。寿美子から頻繁に送られてくる絵手紙が、五十歳年の離れた二人の距離を縮めているのだ。

一枚のはがきに筆を使って絵を描き、そこに短い文章を添えたものを「絵手紙」と呼ぶ。

寿美子が絵手紙を習い始めたのは、夫を亡くしたあとの心の隙間を埋めるためだったようだが、いまでは新聞に載った投書した記事にあるように生きがいになっているという。

撤去されそうだった地域の郵便ポストの存続を求めて、市役所に嘆願に行ったという話は、寿美子から電話で聞かされていた。

「絵真ちゃん、ポストが残ることになったのよ」

と、その後、嬉しい結果を知らせる電話が弾んだ声でかかってきた。

ほぼ同時に、赤い郵便ポストが描かれ、「私たち、共に元気に、長生きします」という文章が添えられた絵手紙が届いたが、それを受け取った絵真は、電話で寿美子にこう提案した。

「おばあちゃん、絵手紙だけでは表現しきれない思いってあるよね？　郵便ポストが撤去されなかった喜びを、より広く世間に知らせたらどう？　そしたら、存続が危ぶまれている田舎のポストも命拾いすることにつながるかもしれない」

寿美子は孫娘の提案に乗り、早速、自分の思いを文章にしたためて、全国新聞の読者欄に投稿した。それが運よく採用され、掲載に至ったというわけだった。

「おばあちゃんってすごいね。新聞に載るなんて。文章も上手にきちっとまとめてある」

興奮して喜んだ絵真とは対照的に、

「まあね。あの人、『自分は永遠の文学少女よ』なんて、昔から気取っている人なのよ。あんまり褒めると図に乗るわよ」

と、寿美子の娘にあたる——すなわち、絵真の母親である片岡万里子(まりこ)は、冷ややかな受け止め方をしていた。

祖母の寿美子が文学少女だとすれば、東京の大学の理学部を出て、製薬会社の研究所に勤務する万里子は、いまでいうリケジョで、大学で工業デザインを学んで、家具会社でデザイナーの仕事に就いている絵真は、その中間といったところか。

二人連れの女性客が入って来て、「いらっしゃいませ」と、カウンターで男性店員の声が上がった。

「ほら、これ」

「ああ、これね。真新しい感じね」

女子学生だろうか、明らかに絵真より若い二人は、郵便ポストを指差している。

——彼女たちもこれをお目あてに来たのかしら。

絵真は、喫茶店のオブジェとしては珍しい郵便ポストを改めてじっくり眺めた。

「片岡さんのおうち、杉並だったよね。このお店って近い？」

先週、会社で二年先輩社員の高畑さんが昼休み、スマホの画面を絵真に向けて話しかけてきた。

画面には、「喫茶ポスト」と看板の出たレトロな雰囲気の店が映っていたが、絵真の記憶にはない店だった。

「知らないですね、どのあたりですか」と答えると、「ええっと……この商店街のはずれ」と、高畑さんは連なるほかの店舗も見えるように画面をスクロールさせた。奥に延びた商店街の両側に白い旗がなびき、「西けやき商店街」と緑と黄色の文字で書かれている。商店街の入り口の交差点付近にけやきらしき大木があるから、そう呼ばれているのだろう。だが、その商店街にも行ったことがない。阿佐谷と荻窪の中間あたりにあるようだが、高円寺に住む絵真にとってはちょっとがんばれば自転車で行ける距離かもしれない。アーケードのない素朴な雰囲気の漂う商店街のようだ。

「そのお店が気になるんですか？」

高畑さんに聞いてみたら、

「このあいだ読んだタウン誌に出てたの。店の中に郵便ポストがあるんですって。ほら、この窓からうっすら見えるでしょう？　最初は単なる飾りというか置物だったみたいだけど、そのうち、店に来るお客さんたちが、出すあてもない手紙を投函するようになったとという答えが返ってきたので、絵真は興味を惹かれた。

郵便ポストはいまや、山口の祖母と東京の自分を結ぶ重要なツールになっている。

「不思議だよね」

と、高畑さんは語を継いだ。「スマホやパソコンでのSNSが全盛の時代なのに、いままた文通が見直されているんですって。ここ、行ってみたいな」

「出すあてもない手紙、あるんですか?」

「もう会えない人に、って意味よ」

――もう会えない人。

絵真にもいる。死んだお父さんとおじいちゃん。

「そのポストに投函した手紙、どうなるんでしょうか」

行方がふと気になった。路上ではなく、店内に設置された郵便ポストに集配に来る者はいない。

「さあ。そのあたりはわからない。お店のオーナーの女性が『お客さまに自由に使っていただけたら、それでいいんです』ってインタビューに答えていたから。手紙に目を通したりはしないみたいよ」

「出すあてのない、届くあてのない手紙、ですか」

絵真は、そのときひとりごとのようにつぶやいた。

香ばしい豆の匂(にお)いが漂(ただよ)ってきて、カウンターへと顔を振り向ける。今日、そこにいるのは絵真や高畑さんと同世代に見える男性店員だ。雑誌に出ていたという女性オーナーの姿はない。

——何でも、女性オーナーのおじいさんの郷里から運んで来た郵便ポストらしいよ。おじいさんの郷里がダムに沈んだ村だったとかで、おじいさんは地域の郵便局の局長だったそうなの。村が沈むのと同時に郵便局も沈んだわけで……。郵便ポストって、いまはそんなに簡単に手に入るものじゃないみたい。だけど、そういう事情だったから、記念にもらって来られたんじゃない？　おじいさんの娘が東京の人と結婚して、生まれたのが彼女で、両親が亡くなって、喫茶店を継いだみたいだけど……。

高畑さんの話を思い起こす。両親の経営する喫茶店の名前が、たまたま「ポスト」だったから、母方の祖父から譲り受けた郵便ポストを、店内の名物置物としたという話だった。

その女性オーナーの年齢が五十四歳だと聞いて、その年齢にもまた興味を惹かれた。絵真の母親と同い年である。

カウンターに近いテーブルに座った二人連れの女性客は、男性店員にコーヒーとケーキのセットを注文した。壁にかけられたミニ黒板を見ると、黄色いチョークで「本日のシフォンケーキ・クリームチーズ」とある。シフォンケーキがこの店の看板商品で、日によって種類が変わるらしい。

注文を終えた二人は、それが目的であったかのようにテーブルに便箋を広げて何やら書きつけている。

やがて、生クリームがふんわりと載ったシフォンケーキとコーヒーが運ばれてくると、二人は同時に手を止めた。男性店員は、やはり、左利きのようだ。左手でケーキ皿とコーヒーカップをそれぞれの客の前に置くと、「ごゆっくり」と微笑む。

「わっ、柔らかい」

「生クリームたっぷりでおいしい」

手紙のことなど忘れたかのように、二人はシフォンケーキを食べるのに夢中になっている。

――わたしも手紙を書こう。

コーヒーを飲み終えて、絵真は小さくため息をついた。最初からその目的でこの「喫茶ポスト」にやって来た。バッグから便箋を取り出し、死んだ父親が愛用していた万年筆を持つ。

書き出しは「天国のお父さんへ」としたが、胸の奥底に沈んでいた感情が一気にこみあげてきて、そのあとが続かない。

とりあえず、「山口のおばあちゃんも、お母さんもわたしも、女三人元気で暮らしています。おばあちゃんは『まだまだ自分のことは自分でできる』と言い張って一人暮らしをやめず、お母さんは研究者として仕事に没頭し、わたしもいまの仕事が楽しくて仕方ありません。そんなわたしたちを天国からやさしく見守ってくださいね」と、手短に近況報告をして筆を置いた。単身赴任先で病にかかり、まだ五十代の若さで亡くなった父、信一（しんいち）の無念さを思うと胸が締めつけられる。

十一年前、絵真が高校一年生のときに、信一は福岡に単身赴任した。会社は違うが、万里子と同じように研究職だったので転勤はないものと思っていたのに、福岡に新しくできた研究機関へ赴くことになったのだった。研究職の万里子はもちろん、志望校に入ったばかりの絵真も、信一について行く道など考えられず、単身で行ってもらった。

煙草（たばこ）も吸わず、酒も飲まない信一の健康を妻も娘も過信していたのかもしれない。

一年九か月後、会社で受けた健康診断に引っかかり、精密検査を受けた結果、かなりステージの進んだすい臓癌（がん）であることがわかった。その前の健康診断では発見されなかったのだから、見つけにくい箇所のたちの悪い病巣だったのだろう。病院から呼ばれて血相を変えて福岡へ飛んで行った万里子だったが、しかし、戻って来たときは何だかサバサバした表情だったのを絵真は憶（おぼ）えている。

「希望を持ちましょう。わたしとあなたでお父さんを支える。いままでどおりに接する。

笑顔を絶やさない。いいわね？」

万里子はそう絵真に念を押すと、福岡に再度飛び、信一を連れ帰って来た。そして、天国へ召されるまでの半年間を自宅で、緩和ケア施設で、家族で一緒に過ごしたのだった。

父親の闘病期間と重なり、絵真は、大学の受験勉強に集中することはできなかった。それでも、一浪後、志望の国立大学に合格できた。そこは、両親が出会った場でもあったので、両親の母校に合格したことで、亡くなった父親にそれまで育ててもらったことへの恩返しができた気がした。

——ごめんね。いざとなったら、とりたてて書くことなんてない。

絵真は心の中で苦笑し、便箋をたたむと、白紙の便箋を添えてピンク色の封筒に入れた。

書くことがないということは、それだけいまの生活に満足しているということだろう。自分の気持ちを見つめられただけでも収穫かもしれない。

テーブルの上を片づけて、バッグをつかんで席を立つ。レジの前に行ってコーヒー代を払うときに、はじめてまともに男性店員の顔を間近に見て、ドキッとした。驚くほど整った顔立ちだ。絵真より一つ二つ年上だろうか。これであと十センチ背が高ければ、モデルになれたかもしれない。だが、女性にしては長身すぎる百六十七センチの絵真とさほど変わらない。

「ありがとうございました」

つり銭も左手で渡され、ふたたび、死んだ父親を想起させられた。

男性店員の低い声に送り出されて外に出る前に、絵真は、扉の脇の赤い郵便ポストへと手を伸ばした。ポストの口にピンク色の封筒を投函する。

しかし、ガラス扉を開けて外に出た瞬間、ハッとした。投函した封筒の感触に違和感があったからだ。

バッグの中をあらためる。やっぱり、そうだ。祖母から届いた絵手紙も一緒に投函してしまった。二人連れの客に気をとられていたのか、無意識に絵手紙を封筒に戻したところへ、折りたたんだ便箋を入れてしまったらしい。

あの絵手紙にはあて名が書いてある。

——返してもらうべきか。

ガラス窓越しに店内をのぞいたら、カウンターの男性店員と視線が合い、思わず目をそらした。

——大丈夫よ。手紙は読まない方針らしいから。

個人情報が漏れるおそれはないだろう。気にすることはない。またおばあちゃんに同じ絵手紙を書いてもらえばいい。絵真は自分の胸にそう言い聞かせて、「喫茶ポスト」から立ち去った。

2

「やっぱり、ここよね」

吉村紀美子は、店内のあらゆる場所に立ってみてそう言うと、「友也はどう？」と、カウンター席で頬杖をついている牧野友也の意見を求めた。

「いいんじゃないの、そこで」

友也は、気が入っていないような返事をする。

「本当にここでいい？」

「いいよ」

友也は首をすくめると、「ってより、そこしかないじゃん。狭い店なんだしさ」と笑った。

「そうよね。テーブル席を減らさないとなると、ここに置くしかないよね」

紀美子もそう受けて笑った。

飾り棚をどかしたあとの壁際に設置されたアップライトピアノを、二人はしばらく黙って見つめていた。

「ポストにピアノ、か。不思議な取り合わせだね」

やがて、友也がため息とともに言った。

「カタカナ三文字という点が共通してるわ」

「ハ行の半濁(はんだく)音から始まるのもね」

どうでもいいようなことを言い合って、二人は笑った。

——わたしは、緊張をほぐそうとしている。

紀美子は、そう自覚した。友也のピアノをここに運び入れたからには、もうあと戻りはできない。今日からここで友也と二人の生活が始まる。

友也と暮らすのははじめてではない。紀美子の両親が健在だったころ、一階が店舗のこの三階建ての家に四人で暮らしたことはある。

その後、ピアノを学ぶために大学のピアノ科に進んだのを機に、彼の一人暮らしが始まった。大学卒業後にドイツ留学を決意し、ミュンヘンの音大で学んだあと、帰国後はプロの演奏家として、声楽家のピアノ伴奏を務めたり、ほかの楽器とのコンサートを催したり、各地のコンサートホールなどでリサイタルを開いたりしていた。

ところが、利き手の右手を怪我(けが)したことから、演奏活動を中止するのを余儀なくされた。音楽の講師として、私立高校の臨時教員を務めていた友也だが、契約期間が切れるのとほぼ時期を合わせて、音大生用に防音設備が施されたアパートが老朽(ろうきゅう)化のために建て替えられることになり、部屋を出なければならなくなった。

　これからどうしよう、と思案していたときに、「とりあえず、うちを手伝わない？」と紀美子が持ちかけた結果、友也は先々週からこの「喫茶ポスト」を手伝うことになったわけである。引っ越し荷物やピアノの搬入は、定休日の木曜日、すなわち今日になった。

「なかなかいいピアノじゃないの」

と、視線をピアノではなく宙にさまよわせている友也に、紀美子は言った。

「まあね、練習用としては充分かな」

　やはり気が抜けたような口調で受けて、友也は自分でいれたコーヒーに口をつける。休日でもコーヒーをいれるための手順に手を抜かないのが彼らしい。

　練習用のピアノとは、子供たちに指導するためのピアノという意味だ。そのピアノは、友也の亡き母の形見でもある。

　友也は、ピアニストをめざす者としては決して恵まれた環境に育ったわけではなかった。自宅にはアップライトピアノしかなかったし、グランドピアノで練習するようになったのは、大学を受験するために先生についてからで、大学に入ってからは音大生用に建てられたシェアアパートに置かれたグランドピアノを、みんなで共有する形で使っていた。天性の才能に恵まれたのか、めきめきと上達し、成績優秀者に与えられる奨学金を受けられるまでになった。海外留学の機会もコンクールに入賞したために得られたのである。

　そんな友也が利き手の右手に怪我をしたのは、二年前だった。手の甲を切り、何針も縫う処置をしたのだが、その後の懸命なリハビリを経ても完治とはいかず、握力低下は免れなかった。

それでも、かなりの回復が見られたので、都内のホールでリサイタルを催してみた。

ところが、そこで、彼の怪我のことを知らない音楽評論家に「表情に乏しい」「硬い演奏」と酷評されたのがショックだったのか、「プロである以上、完璧な演奏でないと人に聴かせられない」と言い、友也は演奏活動をすっぱりやめてしまった。ちょうどいいタイミングで、私立高校から臨時の音楽講師の話が入ったこともあり、そこで仕事をしながら、今後の自分の身の振り方を考えていたのだろう。

――充電期間を与えるのもいいかもしれない。

紀美子はそう考えて、友也を「喫茶ポスト」に誘ったのだった。四年前に父が亡くなり、一昨年母も亡くなって、紀美子は名実ともに「喫茶ポスト」のオーナーになった。このあたりで、友也をふたたび呼び入れて、二人暮らしを始めてもいいのではないか、と考えたのである。

しかし……躊躇しなかったといえば、うそになる。

紀美子と友也は、母子ではない。友也は、紀美子の亡くなった姉の一人息子であり、甥なのである。

吉村紀美子と牧野友也。姓も違う。

以前、友也がこの家で同居していたときは、紀美子の両親が健在で一緒だった。十一年前、大学に合格した友也が音大生用のアパートへの入居が決まって家を出て、店舗を含む三階建てのこの家では、両親と紀美子の三人暮らしに戻った。

そして、十一年たったいま、両親がいなくなったこの家で、紀美子と友也、叔母と甥の生活が始まるというわけだ。

物置と化していた三階を片づけて友也の部屋とし、紀美子はいままでどおり二階に住む。店舗の改装をしたとき、人に貸せるように三階にミニキッチンとシャワールームも設置したので、互いのプライバシーは保てる。だが、小学五年生から高校を卒業するまで、改装前のこの家で一緒に生活していた仲である。

紀美子は、まだ幼さの抜けないころの友也も、思春期で扱いにくい年ごろの友也も、進路に悩んでいた大人になりかけの友也も知っている。

いま目の前にいて、これから自分と生活をともにしようとしているのは、二十九歳になった友也である。十一年間の空白をどう埋めればいいのか、紀美子は戸惑っている。いままではアパートから通って店を手伝っていたが、荷物を運び入れ、ピアノを搬入した今日からはここが友也の住居となる。

「スコーンが残っているんだけど、おやつに食べる？」

思いにふけった様子でコーヒーを飲んでいる友也に、紀美子は聞いた。

「喫茶ポスト」の看板商品は毎日種類の変わるシフォンケーキだが、休日はスコーンを焼くこともある。喫茶店を経営する両親のもとで育ったからというわけではなかったが、紀美子は料理上手な母親に影響されて、栄養士の資格が取れる短大へ進んだ。喫茶店の手伝いをするようになる前は、大手企業の社員食堂のメニューを考案し、提供する会社に勤務していた。

「うん、食べたい」

友也がそう答えた瞬間、二十九歳の青年の顔に幼さがのぞいた気がした。

紀美子はケーキ皿にスコーンを載せて、カウンターに運んだ。友也は、右手でつかんで頬張る（ほおば）なり、「うまい」とうなり、「メニューにスコーンも加えればいいのに」と言った。

「シフォンケーキだけでせいいっぱい。量より質の店にしたいの」

紀美子は、首を横に振った。ランチタイムには、日替わりの定食も出しているから、一人で調理するとなると、ケーキ類は種類を増やしたくはないのだ。シフォンケーキも材料にこだわって一定数しか焼かないから、日によっては夕方来店した客に「今日は品切れです」と断ることもある。ココアや抹茶やメープル、チョコチップなどを練りこみ、保存料や添加物、ベーキングパウダーを一切使わずに塩麴（こうじ）で味つけした素朴さが評判のシフォンケーキ。冷凍保存も可能で、自然解凍から一時間後くらいがちょうどいい食べごろになるため、作り置きができる点が「オーナーシェフ」として稼働している紀美子にはぴったりのスイーツなのである。

「ぼくも何か作れればいいんだけどな」

友也は、自嘲ぎみに笑みを浮かべて言う。

「おいしいコーヒーがいれられれば、それで充分よ」

紀美子は、カップの取っ手を右手で握った友也を見てそう応じた。ミュンヘンに留学中、下宿先のおじさんがコーヒーの達人だったそうで、そこでおいしいコーヒーのいれ方を教わったという。

「あなたのコーヒー、評判いいみたいだし」

友也が店に出るようになってまだ二週間だが、味見に来た商店街の顔なじみには好評だ。

「それは、紀美さんの力だよ。ずいぶん豆にこだわってるだろう？　採算度外視じゃない？」

「大丈夫よ。利益はちゃんと出ているから」

紀美子は笑って答えたが、実のところは、家族経営だから何とかやってこられたという状況である。

甥の友也にもバイト代は払えない。彼からも家賃はもらわない。家賃をもらわないかわりに、店に置いたピアノで近所の子供たちにピアノを教え、その月謝代を家に入れてもらおうという計算だ。が、月謝代などすずめの涙だろう。何しろ、定休日の木曜日しかレッスン日はないのだから。それでも、「甥っ子さんが来たら、娘にピアノ教えて」とか「大人でもよければ、わたしももう一度始めたいの」などという声がいくつか寄せられたので、需要がないことはない。何しろ、牧野友也は、欧州でのピアノコンクールの入賞歴もある元ピアニストなのである。

――元、がつくピアニストなのか。まだ二十代なのに……。

紀美子は、小さなため息をついて平日の休業日の昼下がり、店内でくつろぐ甥の姿を眺めた。端整な顔立ちと、顔が小さく手足が長いために実際より長身に見えるその容姿で、各地でリサイタルを開いていたころは、若い女性ファンもけっこうついていた。大きなホールに進出する話や有名オーケストラとの競演の話が出始めたころに、あの事故に巻き込まれ、利き手の右手に致命的な怪我を負ってしまった。プロのピアニストとしてこれから、というときだった……。

友也は、右手でスコーンをつかみ、右手でコーヒーカップを持つ。日常のすべての動作を、なるべく右手で行おうと努めているのがわかる。怪我をした右手の握力をつけるためで、リハビリのつもりなのだろう。しかし、客が相手のときは違う。コーヒーをいれるときもテーブルにカップを置くときも、すべて左手を使って行う。

――粗相をしてはいけないから。

何かの拍子にふっと指の力が抜けて、カップを取り落としてしまいかねない。友也がそだ。

れを危惧(きぐ)して、慎重に左右の手を使い分けているのがわかって、紀美子は胸が痛くなるの
怪我をしたあとの友也の演奏を聴いたことがあるが、少なくとも紀美子の耳には以前と変わらぬ演奏に思えた。だが、音楽評論家の耳にはわずかなミスタッチや音の強弱がわかってしまうのだろう。本人も自分の演奏に納得がいかなかったらしい。

――完璧でなくてもいいじゃない。利き手の機能が奪われて、左手だけで演奏している人だっているんだし。

「左手のピアニスト」として活躍している人の例を挙げて、慰(なぐさ)める言葉も考えた。だが、右の拳(こぶし)に力を入れ、握り締めている友也を見て、喉(のど)まで出かかった言葉を引っ込めた。そうやって、日常的に怪我をした右手の握力を高めようと努力しているのである。リハビリを続けている以上、彼の目標はあくまでももとのような演奏をすることにあるのだ、とわかったからだ。

彼自身が納得できる水準まで回復するまでは、下手な励ましの言葉は控えよう、と紀美子は決めたのである。

「ごちそうさま。じゃあ、部屋、片づけるからさ」

スコーンを食べ終えた友也は、スツールから立って、顎(あご)の先で階上を示した。

「そうね、わたしも」

つられて掃除を始めようと思い立った紀美子は、ふと店内の赤いポストに目をやった。片づけという言葉から連想したのかもしれない。

「手紙、たまっているかしら」

「手紙？」

「ほら、お客さんが勝手に投函するから」

「ああ、そうだね。ぼくも何度か見たな。封書やはがきを投函するお客さん。おもに女性だけど」

と、友也も入り口のポストを見る。

「整理したほうがいいのかしら」

「さあね」

しっかり観察しているくせに、ぼくは興味ないよ、というふうに友也は肩をすくめる。

紀美子は、カウンター内の引き出しから長い鍵(かぎ)を取り出すと、ポストへ向かった。ダムに沈んだ群馬県S村の郵便局長だった祖父の形見の丸形ポストは、譲り受けたときは色褪(いろあ)せていたが、赤いペンキを塗ってきれいに化粧直しをした。驚いたことに、さびついてはいても鍵はちゃんと機能した。鍵穴に細長い鍵を差し込んで開けるタイプである。この郵便ポストは現役だということだ。

「お店に赤い郵便ポストが置いてありますよね。なぜですか？」

タウン誌から取材依頼があったとき、この西けやき商店街の宣伝になればと思って、紀美子は引き受けた。ひと月半ほど前だっただろうか。

「わたしが生まれ育ったのは東京ですが、母方の祖父がダムに沈んだ村の郵便局長をしていたんです。この郵便ポストもダムに沈む運命だったんですが、ふるさとが確かにそこにあったという記念に、両親が譲り受けたんです。店の名前を『ポスト』とつけるくらいだから、二人してオブジェとしての郵便ポストは好きだったみたいです。ずっと物置にしまってあったんですけど、両親が亡くなって、わたしがこの店を継ぐときに店に出してあげようと思ったんです。やさしい曲線の古いポストがわたしを見守ってくれる気がして。いらしてくださるお客さまの心も癒してくれるはずです。お客さまには自由に使っていただいてけっこうです」

そんなふうに答えた紀美子の言葉を、若い女性ライターは簡潔に、かつ思いやりを持ってまとめてくれた。家族のことを聞かれて「ずっと独り身です」という返答をしたが、家族やプライバシーには触れない配慮をしてくれた。ただし、五十四歳という年齢ははっきり書かれて、思わず苦笑したものだ。

「では、地方で実際に使われていたポストだったわけですね？　店内にあるから間違えないとは思いますが、手紙を入れればちゃんと届くと思って、投函してしまうお客さんはいませんか？」

「さあ、どうでしょう」

「ポストの中は見ないんですか?」

「いっぱいたまれば出さないわけにはいかないと思いますけど。鍵がかかっているので、開けられる心配はありません」

「では、取材のついでに、わたしが手紙を投函して行きますね」

そんな会話がライターとのあいだで交わされて、本当に、茶髪の若い女性ライターは、絵はがきに何か書くと、ポストに投函して帰って行った。

配布地域が限定されているタウン誌とはいえ、若い人たちの口コミの力は大きい。タウン誌が配布された翌週から、手紙を投函する目的で来店する客が増え、記念にスマホでポストを撮影して行く客も現れた。

「こういううわさが広まっているけど」と、商店街の仲間から知らされたのは、つい先日だった。

——お店のポストは、出すあてのない手紙を投函するポスト、って言われているみたいだけど、本当? 出すあてのない手紙は、読まれるあてのない手紙ってことで、つまり、死んだ人にあてた手紙なんですって。

どこからどうして、そんなうわさが生まれるのか……。思い当たる節もなかったが、

「そういうミステリアスなうわさなら大歓迎よ」と、笑って聞き流した紀美子だった。

鍵を回して扉を開き、ポストの底をのぞき見る。紙の束がたまっている。取り出して、店で使っている籐製のかごに載せると、白い封筒や絵はがきに交じって、ピンク色や花柄の封筒も見える。

「三十通くらいあるかしら」

手紙の入ったかごをテーブルに載せて、紀美子は言い、その中から一枚の絵はがきを探し出して友也に見せた。「これ、例のライターさんが書いた絵はがきよ。猫の写真の絵はがきだったから憶えてるわ」

「何て書いてある?」

やはり、関心なさそうに、友也が文面を読むように促す。

「『モカ、元気? もっと長生きしてほしかった。でも、モカと過ごした二十年、わたしは絶対に忘れないよ。だって、生まれたときから一緒だったもんね。またいつか会おうね。リカより』ですって。モカって、彼女の飼い猫のことよね。天国の死んだ飼い猫にあてて書いたのね」

女性ライターは大学を卒業してすぐくらいの年に見えたから、飼い猫が死んでまだそんなに年月がたっていないのだろう。

ほかの絵はがきも読もうとしたら、友也の手が伸びてきて一通の封筒をつかんだ。濃いピンク色の封筒だ。

「これ、あのときのかな」

封はされていない。友也の右手の指先が引き出したのは、たたまれた白い便箋と紫陽花が描かれたはがきだった。

「それ、絵手紙じゃない？」

紀美子は、友也の手からはがきを取り上げた。紫陽花が大きく描かれ、きれいに彩色されている。そこに黒い墨字で「絵真ちゃん、梅雨の時季こそ表に出ましょう」と書き添えられている。達筆とはいえないが、味のある書体だ。

「住所が書いてあるわ。差出人は、宮園寿美子。あて名は、片岡絵真。山口から東京へ出した絵手紙ね。字の雰囲気から祖母から孫娘へって感じかしら」

はがきを裏返して、紀美子は言った。

「その推測は当たりだと思うよ」

と、便箋のほうを読み終えた友也がうなずいて、言葉を継いだ。「天国の父親へ向けて娘が書いた手紙だね。山口のおばあちゃんと東京の自分の母親、そして自分。女三代、元気でいることを亡くなった父親に報告している」

「そこに、おばあちゃんの絵手紙も入れてあげたのかしら」

「いや、違うだろう」

「どうして？」

「宮園と片岡。姓が違うから、宮園というのは母方の姓だろう。つまり、死んだ父親は宮園寿美子の息子じゃない。実の母親の絵手紙を入れるのならわかるけど、義理の母親の絵手紙をわざわざ入れるかな」

「生前、よっぽど仲がよかったんじゃない？」

「それにしても、死んだ父親にひとことも触れていない絵手紙を入れるのは不自然だよ。単なる紫陽花を描いた季節のたよりにすぎないし。それに、差出人とあて先と両方の住所が書かれているんだ。それって、個人情報をうちの店に提供したのも同然だろう？　若い女性が進んでそんなことをするはずがない。だから、彼女が間違って封筒に入れてしまった。そう考えるのが妥当だろうね」

「へーえ、友也って推理能力があるのね」

紀美子は、純粋に感心して吐息を漏らした。そういえば、この子は小学校の低学年のころから探偵が出てくる小説が好きで、よく図書館から借りて読んでいたな、と思い出した。子供向けに書かれた名探偵ホームズや名探偵ポワロのシリーズのほか、那須正幹（なすまさもと）の『ズッコケ三人組』シリーズなども夢中で読んでいたものだ。もっとも、友也が本好きになったのは紀美子の影響が大きかったのかもしれない。友也の母親、つまり紀美子の姉は、友也が小学校に入る前に病気で亡くなった。独身で子供のいない紀美子は、どう母親がわりをしたらいいかわからず、一緒に過ごすときは、とりあえず本の読み聞かせをしてやったのだった……。

「この……片岡絵真さん？　絵手紙を一緒に投函してしまったことに気づいているかしら」

「気づいていたら、取りに来るだろうね」

「恥ずかしくて来られないかもしれないわよ」

女心には疎いと思われる甥を、紀美子はからかった。

「だったら、放っておくだろう。まさか、読まれているとは思わなくてね」

「そうねえ……」

紀美子は、読んだことにかすかに罪悪感を覚えたが、かといって、ずっとポストの中に手紙類をためこんだままでいるわけにはいかない。いずれは満杯になってしまうだろうから。

「このはがきだけ、送り返してあげようかしら」

「かえって、恐縮するんじゃない？　やっぱり、放っておけばいいさ。あの子のためにもさ」

「友也、気になるの？　この絵手紙を間違えて投函した子、憶えてるの？」

あの子、という表現に、紀美子は引っかかった。

「顔は憶えてないけどね、背は女性としては高かったかな。ほら、先週、ぼくが一人で留守番をしていたときに来た子だよ、たぶん。帰る前にピンクの封筒、ポストに入れるのを見たからね」

友也は、視線をはずしてすらすらと答えた。

うそだ、と紀美子は直感した。それだけ鮮明に記憶しているのだから、顔も憶えているのだろう。記憶に残っているということは、友也好みのかなり可愛い子だったという可能性が高い。

「じゃあ、またお店に来てくれるかもしれない。そのときに聞かれたら絵手紙を返せばいいし、聞かれなかったらまた放っておけばいいわ」

紀美子は、自らそう結論を出した。

3

遠くでピアノの音がする。あれは、ドビュッシーだろうか。紀美子の一番好きな作曲家がドビュッシーで、一番好きな曲は『月の光』である。なぜなら、友也がもっとも愛する作曲家がドビュッシーだからである。だが、耳を澄ませてもメロディがよくわからない。

誰かが一階でピアノを弾いている。ピアノが弾けるのは、昨日ここに越して来た甥の友也しかいない。

——真夜中になぜ？

近所迷惑にならないだろうか。ベッドから起き上がって、紀美子は一階の店に降りた。しかし、こちらに背を向け、壁際のピアノの前に座っているのは、友也ではなく、ピンク色のドレスを着た女性だった。

「お姉ちゃん」

姉だとすぐにわかり、紀美子は背中に呼びかけた。姉は、ピアノの発表会ではいつもピンク色のワンピースを着ていた。

ピアノの音はやまず、女性は振り向かない。

——振り向くはずないよね。お姉ちゃんは、もう……死んでいるんだもの。

そう思った瞬間、目が覚めた。

夢だった。が、紀美子の鼓膜（こまく）はピアノの音を拾っている。小さい音だが、確実にピアノの音色で、階下から立ち上がってくる。

紀美子は、パジャマの上に薄いカーディガンをはおると、足音を立てないように気をつけて店に降りた。

店の照明が半分だけついていて、昼間の格好のままの友也がピアノに向かっている。音を弱くするペダルを踏んでいるのか、紀美子の知らない曲が、鍵盤（けんばん）がフェルトに当たるときのくぐもったような響きを伴って流れている。

両手を使って、よどみなく、流暢に奏でているように、少なくとも紀美子の目には映る。弾いているピアノは母親の形見で、大学に入るまで、指導を受けていた講師の家に置かせてもらっていたものだ。なぜなら、当時、「喫茶」といいながらほとんど「定食屋」のように食事のメニューを増やし、夜の十時過ぎまで開けていた紀美子の両親の時代には、二階や三階はもとより、店内のどこにもピアノなど置くスペースはなかったからだった。

——友也。あなたは、何て不憫な子なの。

と、心の中で呼びかけ、涙ぐむ。小学校に上がる前に母親を病気で失い、中学生になる前に父親までも失った。紀美子は、友也の家に通いながら母親がわりまではできても、本物の「母親」になる勇気は持てなかった。両親を亡くした友也を自宅に引き取り、大学に進むまで彼の祖父母にあたる紀美子の両親とともに育てた。

——でも、不憫な子、と思っては、亡くなった二人に失礼よね。だって、あなたは、あの二人から存分に才能や資質を受け継いだのだから。

心の中で、そのあとの言葉を重ねる。

母親の牧野華江からは美貌とピアノの才能を受け継ぎ、父親の牧野克也からは正義感と勇敢さを受け継いだ。

子供のころから音楽が好きな姉だった。習いごとなんて面倒、外遊びと店の手伝いをするのが大好きという活発な紀美子とは対照的に、「ピアノを習いたい」と自分から言い出した穏やかで、しかし、芯の強い華江。「こんな狭い家にはピアノなんか置けないの。電子オルガンで我慢して」と両親に言われ、二階の窓から運び入れた電子オルガンに毎日楽しそうに向かっていた。本物のピアノに触れられるのはピアノ教室と学校だけで、学校の合唱祭で得意げにピアノの伴奏を担当していた姉の姿を紀美子は憶えている。

そんな長女を憐れんだのか、牧野克也との結婚が決まったときに、「何も持たせてやれないから、せめてピアノを」と、紀美子の両親が一大決心をして、嫁入り道具にアップライトピアノを持たせてやったのだった。

「でも、やっぱり、不憫な子よね」

気がついたら、小さな声に出していた。母親の才能を受け継いで、猛練習してピアニストになった友也なのに、父親から受け継いだ正義感と勇敢さがあだになって、右手に大怪我を負ってしまった。

友也の父、牧野克也は、警視庁の刑事だった。友也が小学五年生のときに殉職した……。

不意に、音楽がやんだ。

背後の気配に気づいたのか、友也が振り返った。

「起こしちゃった？」

「あっ、ううん。最近、いまごろ一度目が開くのよ。年かしら」

おどけて言って、「さっき弾いていた曲は何？」と尋ねた。

「さっき?」と、友也は眉をひそめ、ハッとしたように両手を見つめた。

「友也が作った曲? いつだったか、頼まれて曲を作ったことがあったじゃない」

高校で音楽講師をしていたときに、新体操を指導する顧問に頼まれて演技用の曲を作った、と友也は話していた。作曲や編曲の才能もあるのなら、そちらの方面に進んでもいいのでは、と紀美子は思っている。

「ぼく、何を弾いてた?」

「あら、憶えてないの?」

「どんなメロディだった?」

とぼけているのかと思ったが、そう問う友也の表情は真剣だ。

「どんなって……わたしはピアノが弾けないから再現できないけど、こう……湖に生じた小さな波紋がゆっくりと広がっていくような感じの、心に染み入るような、もの悲しげで、神秘的な感じの曲かしら。しいていえば、あなたの好きなドビュッシーに似た曲調の」

言葉で表現しきれず、もどかしい。

いきなり、友也は両手で頭を抱え込んだ。

「どうしたの? 頭が痛いの?」

苦しそうに顔を歪めた甥に驚いて、紀美子は駆け寄った。

「痛いというより、何だかかゆい」

友也は両手を頭から戻すと、左手で右腕をさすり始めた。肘から指の先まで、何度もさする。

――怪我の後遺症なのかしら。

どうしたらいいのかわからず、おろおろしていると、

「紀美さん、悪いけど何か書くもの持って来てくれる？」

友也は、急かされるような口調で紀美子に頼んだ。

「書くものって……」

紙と鉛筆ね、と心の中で言葉をつなげて、紀美子はカウンターへ走った。

4

格子型のシャッターが目に入るなり、絵真は自分の不運さを呪った。こういうことは昔からよくあった。さあ、受験勉強をがんばるぞ、と意気込んで出かけて行ったら、図書館が臨時休館日だったとか、割り引きのチケットを持って出かけたら、そこの美術館は月曜休館ではなくて、珍しく火曜日が休館日にあたっていたとか、食べ歩きのページをチェックしたガイドブックを手に旅行に出たら、お目あてのレストランがひと月前に閉店していたとか……。

よくよくついていない女だ、とわれながら思う。だが、ついていることもある。それは、「晴れ女」ということだ。梅雨どきで昨日まで傘が手放せなかったのに、今日は青空がのぞき、雨傘ではなく日傘が必要なくらいの晴天となった。

ＪＲの荻窪駅で降りて、心臓を高鳴らせながら、西けやき商店街までてくてくと歩いて来たのだったが……。

――木曜日が定休日だったなんて。

商店街の入り口の目印となっているのか、大きなけやきの木を出発点に、パン屋や酒屋や総菜屋や果物店、眼鏡店や中華料理店や婦人服店などが軒を連ねていたが、どの店も開いていたので、よもや目的の店が定休日だとは思わなかった。

絵真の現在の勤務地は日本橋のショールームを兼ねたオフィスで、土日のいずれかのほか、不定期で平日に休みがとれる。手前のシャッターに「本日休業」と札がかけられていて、「喫茶ポスト」の看板もシャッターに立てかけられてある。何て間の悪い女だろう、と自虐的に思いかけたが、中ほどのシャッターの一部が下りていないのに気づいた。シャッターの向こうの店舗内にはベージュ色のカーテンが引かれてガラス越しに中の様子は見えないが、入り口の扉は開く状態にあるようだ。

入り口の正面に立つと、建物の中からピアノの音色が流れ出てきた。

――ピアノなんてあったかしら。

絵真は、建物を見上げた。三階建てになっていて、二階と三階に同じ大きさの窓がある。しかし、ピアノの音は流れ下りてはきておらず、一階で奏でられている感じだ。

建物の端から端まで歩いてみた。どこかに内玄関のようなものがあるのではないかと思ったのだ。だが、見当たらない。裏口があって、そこが自宅玄関になっているのであれば、建物の裏に回るべきだろうか。「喫茶ポスト」は、左右を店舗に挟まれている。右手はお茶屋さんで左手は美容室。どちらも今日は営業している。店舗のあいだに路地はないが、両店舗とのあいだに人が通り抜けられるほどの隙間がある。商店街の端まで行き、裏に回るべきだろうか。

躊躇していると、ピアノの音がやんだ。

ハッとして、絵真は少しあとずさりをした。

カーテンが開いて、入り口の扉がゆっくりと外側に開いた。

絵真の母親くらいの年齢の女性が現れた。

「あの、わたし……」

本日休業と知っていながら、店の前に立っていたのである。言い訳が思いつかずに戸惑っていると、

「ちょっとお待ちくださいね」

絵真のほうが十センチ以上は背が高いだろうか。こちらの顔を仰ぎ見るようにすると、

やさしく言い置いて、女性は店内へ戻った。「今日はお休みなんですよ」とあしらわれるかと思っていた絵真は、拍子抜けした気分になり、大きく息を吐いた。

店の前で待っているあいだ、手にしたバッグを固く握り締めていた。バッグには大事なものが入っている。

やがて、さきほどの女性に伴われて、小学校高学年くらいの女の子がキティちゃん柄のバッグを提げて出て来た。

「じゃあ、また来週」

「さようなら」

手を振りながら、女の子はけやきの大木の方角へと歩いて行った。

「お待たせしました」

年齢からして、おそらく、この喫茶店の女性オーナーだろう。女性は、絵真に穏やかな笑みを向けた。

「あの、わたし、実は……」

自分でもびっくりするくらいもじもじしてしまった。

すると、女性の後ろから見憶えのある目鼻立ちの男性が現れて、「片岡絵真さんでしょう?」と、ごく自然に聞いた。

「はい」と、こちらもごく自然に応じることができた。

「ちょうどレッスンが終わったところなんです。どうぞ」

赤い郵便ポストのある店内に招じ入れてくれたのは、女性だった。

ほどよく冷房がきいている。壁際には、前回訪れたときにはなかったピアノがあった。

さっきの少女は、ここでレッスンを受けていたらしい。ということは、ピアノを指導していたのは、この二人のどちらかだろう。

「どうぞ」

ピアノに一番近いテーブルを手で示したのは、絵真の名前を呼んだ男性だった。

「失礼します」

男性の前に座ると、カウンターの奥に入っていた女性が「冷たいものでいいかしら」と、二人のどちらにともなく聞いた。

「何でも」

「ああ、はい」

と、椅子(いす)席の二人は同時に答えた。

「ピアノ、置いたんですね？　どなたが教えているんですか？」

そう問うたときには、この男性が教えているのだ、と絵真は直感していた。いかにもピアノを弾きそうな細長い、しかし、力強そうな指をしている。一オクターブはらくらく届きそうな指の長さだ。

「彼が教えているんですよ」

答えたのは本人ではなく、女性だった。彼女は、オレンジジュースをトレイに載せて運んで来ると、「二階に行ってるわね」と、小声で男性に言った。

「いや、ここにいて」

男性が毅然とした口調で言い、そこへ、というように顎で隣の椅子を指した。

――やっぱり、そうだ。この「喫茶ポスト」には何か秘密がある。

絵真は、ごくり、と生唾を呑み込むと、膝に載せたバッグに視線を落とした。この中に差出人の名前のない手紙が入っている。

「このあいだは、コーヒーをいれてましたよね」

絵真は、目の前の同世代の男に言った。素性を探る質問の一つである。

「あのときは、バイトを始めたばかりでしてね」

「この子は……」

隣で言いかけた女性は、口を滑らせたというふうに、小さくかぶりを振って言葉を途切らせた。

――この二人は、親子なのかしら。

「どうぞ」と勧められたオレンジジュースをストローを使ってひと口飲むと、絵真は、「これですけど」と言って、バッグから白い封筒を取り出した。封筒の中から便箋サイズの白い紙を取り出し、広げてテーブルに置く。封筒の表には、コスモスの花柄の八十二円切手が貼られ、消印が押されて、きれいな字で絵真の自宅の住所が書かれている。

「これがわたしの家に送られてきたんですけど、ご存じですよね？」

絵真は、そう切り出した。ここに来るまでは半信半疑だったが、自分をすんなり招き入れてくれたことで、この二人の、あるいはどちらかの仕業だ、と確信したのだった。

「挨拶が遅れまして、すみません」

と、女性は動じずに、ていねいな受け方をした。「わたしはこの『喫茶ポスト』の経営者で、吉村紀美子といいます。この子は、牧野友也。わたしの甥で、いま店を手伝ってもらっています」

「牧野友也です」

と、絵真と同世代に見える男が改めて名乗る。

「ピアノの……先生なんですか？」

小学校に上がってすぐにピアノ教室に行かせられたものの、半年もたたずに「わたしには合わない」とやめてしまった苦い思い出が胸によみがえる。低学年の子を教えるには指導の厳しすぎる女の先生だった。

「以前は、ピアノ弾きでした」

と、牧野友也は静かに答えた。

——以前？　ということは、いまは違う、という意味かしら。

その答え方を奇妙には感じたが、絵真はこだわるのをやめた。彼の過去にも謎がありそうだ。

「これを書いたのはどなたですか？」

まず一番に知りたいことを、絵真は二人に問うた。

「ぼくです」

牧野友也が答えたのを、隣で吉村紀美子が眉根を寄せて見つめている。血のつながったこの二人、切れ長の目がよく似ている。

「なぜ、こんなものをわたしに送ってきたんですか？」

絵真は、テーブルに置いた白い紙を見ながら聞いた。

紙の上半分に紫陽花が密集して咲いているさまが黒いボールペンで描かれている。着色はされていないが、花びらが球状に集まった形や葉の的確な形でそれが紫陽花だとわかる。その紫陽花のかたまりに隠れるようにして、先が丸みを帯びた三角の形をした大きな石が描かれている。そして、下半分には真ん中あたりに、同様に黒い字で文章が縦書きに三行書かれている。おそらく、罫線の入った厚紙を下敷きにして書いたのだろう。筆圧が弱いのか、ところどころ字がかすれている。それでも、筆跡の特徴はつかめる。

寿美子　庭の紫陽花、もう見頃は過ぎただろうか。
佐治川石の後ろあたり、掘ってみたら、面白いものが
見つかるかもしれない。　源吉

迷いを見せるかのように、牧野友也は形のよい唇を舌の先でなめた。

「源吉というのは、わたしの亡くなった祖父の名前ですけど、どうしてわかったんですか？　それから、庭にある石のこともそうです。お調べになったんですか？」

当惑しながら絵真が重ねた質問に、「えっ？」と驚きの声を上げたのは、吉村紀美子だった。彼女は、息を呑んだ表情を隣の甥に向けた。

「驚いたな」

言葉とは裏腹に冷静な口調で、牧野友也が言った。

「本当に驚いたわ。信じられない。まさか……」

と、こちらは言葉どおりの驚愕を含んだ声を出して、「あのね、片岡さん」と、女性オーナーは少し身を乗り出した。「この子はただ、感じたままに書いただけで、それをあなたに送るように勧めたのは、このわたしなの」

「どういうことですか？」

感じたまま、とはどういう意味なのだろう。

「そうよね。誰でも、突然、そんなものが家に届いたら驚くわよね。気味が悪いのはあたりまえね。順序立てて話します」

自分に言い聞かせるように言うと、吉村紀美子は歯切れよくさらに言葉を重ねる。「うちの店、郵便ポストがある店としてタウン誌に取材されてから、お客さんが増えてね。ポストにはがきや手紙を投函して行く人も増えたの。手紙類をたまったままにしておくのも、と思って、一度点検してみることにしたんです。ポストに入れた手紙を、次に来たときにまた読みたい人もいるでしょう？　整理してどこかに置いて、自由に閲覧できるようにしてもいいかな、って考えて。どれもあて名が書いてなかったし、切手なんかも貼ってなかったから、誰かに届くことを前提にした手紙でないのは明らかよね。こちらも興味があったから、はがきを読んだり、手紙を読んだりしてみたの。ほとんどがすでにこの世にはいない人にあてたもので、死んだペットにあてて、というのもありました。その中で、あなた……片岡絵真さんのが特別だったんです。封筒にきれいな紫陽花が描かれた絵手紙が入っていて、そこにはあて名と差出人が書かれていて、山口から東京に出されたものだとわかりました。それを見て、この子……友也が、『これは、お客さんが間違えて封筒に入れてしまったんじゃないか』って推測したんですよ。ねえ、友也」

しかし、同意を求められた牧野友也は、うなずきもせずにまっすぐ絵真を見つめている。その目力の強さに絵真は気圧されそうになった。

「それはどうなんですか？　間違えて入れてしまったの？」

「はい」

吉村紀美子に問われて、絵真は、たじろぎながらも認めた。

「やっぱり、そうなのね」

ホッとしたようにうなずくと、吉村紀美子は、「絵手紙だけ片岡さんに送り返したほうがいいか、こちらもちょっと迷ったんです。でも、友也にとめられて、そのままにしていたんです。もし、絵手紙を返してほしかったら、本人がまた来店するだろうから、って」

絵真は、小さく吐息を漏らすことでその言葉に応じた。ふたたび来店はしたが、それは違う目的である。

「あとは、友也から話したほうがいいわ。返事を書いた本人からね」

「そうだね」

と、あとを引き取る形になった牧野友也が腕を組むと、「ここにピアノを運び入れた夜でした」と、そのピアノにちらりと視線を投げて、敬語を使って話を続ける。「その夜の記憶はあいまいなんですが、確かにピアノを弾いていた感覚はあります。ただし、何の曲を弾いていたのか、まったく憶えていないんです。で、最初、頭が割れるように痛くなって、次に、右腕がひどくかゆくなって。気がついたら、紀美さんが持って来てくれた紙に渡されたボールペンで、そんなものを書きつけていた……と、それがその夜のできごとのすべてです。だから、あなたのおじいさんの名前はもとより、庭にあるという石の名前も、ぼくはまったく知らないんです」

「それって……」

気持ちを落ち着かせるために、一度言葉を切ると、絵真は天井を指し示した。「何かが空から降りてきて、自分の意思に関係なく指を使って文字を書かせた。そういう意味ですか？」

「まあ、そういうことになりますね」

内容の不可思議さには無頓着な様子で、首をすくめると、牧野友也は苦笑した。

「そういうことって……」

絵真は、何だかばかばかしくなり、「不思議すぎる話じゃありませんか？」と、こちらも気が抜けたような声で返すしかなかった。

「そうですね。奇妙な現象で、非常に不気味な話ではありますよね」

牧野友也は、今度は声に出して笑った。

「確かに、科学的には説明がつかない話だけど」

と、二人を交互に見ていた吉村紀美子が会話に割って入った。「本当に、山口のおばあさまのご主人の名前は源吉さんで、山口のおうちの庭には佐治川（さじがわ）とかいう石が置いてあるんですか？」

「ええ、そうですよ」

と、絵真は言い切った。

祖母の宮園寿美子の死んだ夫、すなわち、祖父の名前は宮園源吉で、庭の花壇(かだん)の紫陽花が群生しているあたりには暗緑色をした大きな石がある。石の名前は、昨日、改めて母親に確認した。佐治川石が採れるのは鳥取(とっとり)地方で、北九州から山陰にかけて分布する緑色岩に区分され、海底火山の活動によって噴出された溶岩などの噴出物が高い圧力を受けて変化した変成岩(へんせいがん)の一種だという。確認はしたが、奇妙な手紙が送られてきたことはまだ誰にも話していない。「喫茶ポスト」を訪れたのは、絵真の独断である。

筆跡も死んだ祖父のものによく似ているようには思えた。だが、こちらもまだ祖母にも母にも確かめてはいない。生前、祖父からもらった年賀状を探し出してつき合わせてみた程度である。祖父は、「源吉」という名前のサンズイのはね方に特徴のある字を書いたが、その特徴がとてもよく似ていた。

「あの、失礼ですが」

絵真は意を決して、用意してきたメモ用紙と鉛筆をバッグから取り出した。「ここに、これと同じ文章を書いてみてくれませんか？」

メモ用紙と鉛筆を見ただけで、絵真の意図が呑み込めたのだろう。牧野友也は、無言で鉛筆を受け取ると、メモ用紙に「寿美子」「紫陽花」「源吉」と、最初に漢字を三つ縦書きにし、続いて行換えして、「見つかるかもしれない」と、ひらがなが多く含まれた一文を書いた。

絵真は、鉛筆を握った彼の右手が紙の上を滑るのを見ていた。

「左利きではないんですね？」

書き終えた牧野友也にそう言うと、彼はかすかに眉をひそめた。

「事情があって、右手と左手を使い分けているんですよ」

と、横からかわりに吉村紀美子が答える。

「それで、テストの結果はどうですか？」

と、絵真の質問も吉村紀美子の応対も無視して、牧野友也が聞いた。「あなたに届いた手紙とぼくの筆跡。比べたいんですよね？」

絵真は、無言で二つを見比べた。かすれた右肩上がりの弱々しい字と、几帳面さがうかがえる升目にぴったりおさまるような四角い大きな字。筆跡は明らかに違う。

しかし、筆跡などどうにでもなる。書体は意図的に変えられるからだ。

「このテストは無効です」

それで、絵真は、勇気を出してそう答えた。そして、今度はこちらから身を乗り出して、

「どんなトリックを使ったんですか？」と、相手の陣地に踏み込んだ。

「トリック？」

吉村紀美子が面食らった表情を作った。

「トリック、ですか」

牧野友也は動揺したそぶりは見せずに、唇の端に笑みを浮かべた。「ぼく自身が知りたいくらいですよ」

「わたしは一部始終を見ていたけど、本当に友也は何も特別なことはしていないんですよ。ただ、ピアノを弾いていて、そのあと、何らかの啓示（けいじ）を受けたみたいで、紙に奇妙な絵と文章を書き始めて……」

「そんな話、信じられません。わたしをだまそうとしているんですか？」

強い口調で詰め寄ったつもりが、声が震えた。それでも、用意してきた言葉は口にしてみた。「振り込め詐欺だって、入念に準備した上で行うんです。下調べをして、個人情報を入手して、何人かで組んで役割分担を決めて。だから、みんな簡単に引っかかるんです。でも、わたしはだまされません。たぶん、お二人は、何らかの方法で、山口の祖母の情報を得たんでしょう。本人にはわからないようにして。死んだ祖父が書いたものを見る機会があったのかもしれませんね。祖父の字に似せて、紫陽花のことや石のことなど書いたら、わたしをだませると思ったんでしょうけど」

山口の寿美子には、いちおう電話をしてみた。いきなり手紙の内容を伝えても、年寄りだから事情をうまく把握（はあく）できないだろうし、ただ驚かせるだけで面倒なことになると思ったので、振り込め詐欺への注意を喚起する電話をかけたふりをして、「最近、何か変わったことなかった？」と聞いたのだった。「別に何もないけど」と寿美子は答えると、「絵真ちゃん、時間を見つけてまた遊びにおいで」と言い添えた。

「あなたをだますとして、ぼくたちにどんなメリットがあると思いますか？」

牧野友也が穏やかな口調で聞いた。

「それは、このお店を有名にしたいからじゃないですか？　店内の赤いポストに手紙を投函すれば、死んだ人から返事がくる。そういううわさが広まれば、全国からたくさんオカルト好きなお客さんが集まって来るでしょうし、そしたら、このお店は繁盛しますよね」

答えながら、われながらこの説では弱いのでは、と絵真も思っていた。

「これ以上繁盛せずとも充分。紀美さんはそう思っていますよね？」

女性オーナーと元ピアノ弾きは顔を見合わせると、元ピアノ弾きのほうが絵真に視線を戻して言った。「紀美さんは、ぼくの亡くなった母親の妹です。何年か前までは、紀美さんの両親、つまり、ぼくの祖父母がこの店を切り盛りしていたんです。喫茶店というより食堂でしたね。メニューを増やしたり、出前をしたり、営業時間を延ばしたりして、ずいぶん繁盛していた時期もありましたよ。もともと飲食店として営業許可を取ったのに、何で喫茶なんて名前をつけたのか。ちょっとしゃれた雰囲気にしたかったのかもしれませんね。いまなら、カフェとでもつけるんでしょうけど。叔母がオーナーになってからも、店名は伝統を受け継いで『喫茶ポスト』のままなんです。叔母は、自分のペースで細々とのんびりとやっているんです。その日にある食材とその日の気分でランチメニューを決め、つまみもそのときの気分で作るんです。叔母の料理の中でぼくが一番好きなのは、卵ハムカツですね。ゆで卵を潰してマヨネーズとマスタードであえてパセリを振って、ハム二枚でサンドして、小麦粉とパン粉をつけて揚げる。からっと揚がった衣と、中からどろりと染み出すゆで卵の食感が最高でね、お腹いっぱいになってしかも安い。近所の学生さんたちにも人気です。そんなふうに、実にこぢんまりとした家庭的な店です。叔母は、儲けることなんて考えていない。もともとあんまり欲のない人なんです」

「じゃあ、なぜ、あんなところに赤いポストを？」

ポストを置いたからといって、利益がアップするわけではない。自分でも論理的思考の展開に脆弱さが潜んでいると気づいたが、ここで引き下がるわけにはいかない。

「叔母の祖父が、昔、郵便局長をしていて、そこの村がダムに沈むことになったので、記念に丸形の郵便ポストを譲り受けたんです」

「物置でほこりをかぶっていたのを、わたしの代になってから引っぱり出してきたんですよ」

話の主役——吉村紀美子がその先を続ける。「東京に出て来た母がこの地に住んでいた父と出会い、先代が営んでいた雑貨屋を閉めて何か新しい商売を始めようか、となったときに、二人とも迷わず飲食店を選んだのだそうです。近くに大学があって、学生が多かったからでしょうか。で、店名を決めるとき、二人同時に『ポスト』という名前を口にしたとか。あまりに発想が似ていて、思わず笑ってしまったと聞いたことがあります。娘のわたしから見ても、似た者夫婦でしたね」

「さっき、紀美さんのことを欲のない人だと言ったけど、ぼく自身は欲はありますよ。少なくとも、この西けやき商店街をもっと盛り上げたいという気持ちは持っています。だって、ここの商店街の人たちは、みんな善良でいい人たちばかりだから」

善良でいい人たちばかり。そんな言葉に、絵真は少なからず傷ついた。人を疑うために来た自分がひどく汚れた矮小な人間に思える。

「ごめんなさいね」

絵真の顔色が変わったのに気づいたのだろう。吉村紀美子が頭を垂れた。「わたしがよけいなことを言ったから、こんなことになって、あなたに嫌な思いをさせてしまって。友也は、こんな手紙は出さないほうがいい、と言ったんです。不審に思われるだけだから、ってね。でも、『わたしが責任を持つから』と、強引に送ってしまったんです。こちらの住所を書かなければいいだろう、と思って。あなたに無視されるかもしれないし、端的に推理したあなたがここを訪ねて来るかもしれない。一つの賭けでした。だから、店の前にいたあなたを見て、すぐに片岡絵真さんだとわかったんです。背の高い女性だと聞いていたし。手紙をあなたに送ったのは、ここに書かれていることが事実なのかどうか、確かめたい気持ちもあったけど、友也の不思議な能力を信じたい気持ちもあったんです。だって、これは、友也の右手が書いたもので、友也の右手は普通の右手じゃないからで……」

「紀美さん、やめてよ」

と、牧野友也が声を荒らげて遮（さえぎ）った。

「ごめんなさい。でも……」

言いかけた叔母を制止するように、甥がかぶりを振る。

「不思議な能力って、普通の右手じゃないって、どういう意味なんですか？」

聞き逃せない言葉である。質問を向けた絵真に、

「ごめんなさい」

と、牧野友也が乾いた声で謝罪すると、次の瞬間には開き直ったように顎を突き出し、

「認めます。そうです、これは、トリックです。あなたを引っかけたんです、だましたんです。ごめんなさい。手紙に書いた内容は、でたらめです。ぼくが独断で行ったことで、紀美さんは無関係です。ぼくが悪いんです。申し訳ありませんでした」と、すぐにうそとわかる空疎（くうそ）な言葉を並べ立てた。

吉村紀美子は、あっけにとられた表情で、甥と客とを交互に見ている。

「わかりました。帰ります」

絵真は、手紙をつかむとバッグに押し込み、立ち上がった。ついでに手を伸ばして、牧野友也の前のメモ用紙と鉛筆も拾い上げた。大胆で無礼とも受け取られる行動に出た自分が、急に恥ずかしくなったのだ。ここに来たという痕跡をすべて消し去りたかった。

「絵手紙はお返ししますよ。赤いポストに入っていた手紙も」

吉村紀美子が急いでカウンターへ行く。そこに、店のポストに投函された手紙類が保管されているのだろう。

「祖母の絵手紙だけいただいて帰ります。でも、父に書いた手紙はけっこうです。天国の父へあててポストに投函した手紙ですから」

絵手紙はともかく、父にあてた手紙の受け取りはきっぱりと拒否して、絵真は店から立ち去った。

5

冷蔵庫にあった茄子とピーマンを炒めて、そこに厚切りのベーコンを加え、胡椒とカレーパウダーで味をととのえる。玉ねぎとワカメを入れて卵でとじたコンソメ味のスープを作り、漬物樽から糠漬けのきゅうりとにんじんを取り出すと、小さく切って密閉容器を兼ねた器に入れる。ついでに、冷蔵庫に残っていた大根と椎茸の煮物も電子レンジで温めて、食卓に出す。

――夕飯は、こんなものでいいだろう。

食卓を眺めていると、牧野友也が口にした「卵ハムカツ」が頭に浮かんできた。吉村紀美子の作る料理の中で一番好きだというメニューである。どんな味がするのだろう。自分の叔母について語るとき、彼の言葉にはおかしなほど熱がこもっていた。

絵真は食卓に着くと、「いただきます」と手を合わせた。一人で食べる夕飯には慣れている。

明日は出勤日だ。アルコールは控えるつもりだったが、昼間のできごとを思い出したら、気分が高揚して、やっぱり何か飲むことにした。冷やしてあった白ワインを開けて飲み始めると、万里子が帰って来た。

「早いじゃない」

午後七時をちょっと過ぎたところで、仕事ひと筋できた母親としては早いほうだ。

「五十も半ばになると、閑職っぽくなってね。早く帰らないと気まずい雰囲気になるのよ」

自嘲（じちょう）ぎみに言いながら、疲れたのか、万里子は肩を回した。同じ職場に長くいる万里子は、現在は管理職に就いていて、「研究だけしていられたころが懐かしい」「人の管理は苦手」などとこぼしている。

「いままで働きすぎたのよ。定年までマイペースでやればいいじゃない」

照れくさくて、いままでありがとう、とは面と向かってつけ加えられず、絵真はそう返した。

ふと、昼間の牧野友也の言葉が脳裏によみがえる。「喫茶ポスト」のオーナーである叔母のことを「自分のペースで細々とのんびりとやっている」と評していた。そのときは意識しなかったが、さっき一人で夕食のしたくをしていたとき、〈自分の好きな空間で、自分のペースで好きなものを作り、人に提供する仕事も悪くはないかも〉と思っている自分に、絵真は気づいたのだった。

吉村紀美子は、自分の母親と同じ年齢だ。専門職の母親のことは尊敬している。だが、料理やサービスを提供することに生きがいを感じる仕事にも、絵真は強く魅力を感じるのである。現在、機能美とデザイン性を備えたダイニングテーブルとその椅子の企画開発に携わっているために、なおさら家庭的な雰囲気をまとったものに惹かれるのかもしれない。

「晩ご飯、簡単なものだけど」

冷蔵庫から缶ビールを持って来て食卓に着いた万里子に、絵真は言った。

「充分よ。いつも助かるわ」

そう答えると、万里子はグラスに注いだビールをおいしそうに飲んだ。早く帰ったほうが夕飯のしたくをするのが、女二人暮らしのルールになっている。

「お母さんたちの世代は、飲み会といったら、とりあえずビールが常識だったのに、いまの若い子たちは色のついたジュースみたいなものばっかり飲んで」

「その中にはわたしも含まれている？」

絵真もビールは苦手だ。

「色つきのジュースみたいなのを注文するのは、うちの新人たちよ」

「研修が終わってやって来た新入社員のことね」

万里子の勤務先の研究所には、理系の大学を卒業した者や大学院の修士課程を修了した者が配属される。

「まったく、大学院出ても使いものにならないっていうか、世間知らずっていうか……」

また愚痴が始まりそうだったので、

「ねえ、お母さん。イタコって信じる？」

絵真は、急いで話題を変えた。科学信仰の強い仕事をしている母が、霊とか超常現象というものをどうとらえるか、興味が生じたのだ。

「あの恐山のイタコ？　霊媒体質の人間が亡くなった人の霊をあの世から呼び寄せて、自分の口を通じてメッセージを伝えるんでしょう？　いつだったかテレビで観たけど、イタコに憑依したというジェームス・ディーンの霊が、訛りのきつい東北弁でしゃべるのを聞いてひどく興ざめしたわ」

「じゃあ、信じない？」

「憑依体質の人がいるのは否定しないけど、そう都合よく、呼び出したい霊を呼び出せるものかしら。疑問には思うわね」

糠漬けをつまみにしながら、万里子は楽しそうにしゃべる。

「霊媒体質とか憑依体質そのものは否定しないのね？」

イタコには女性が多いが、あの元ピアノ弾きという牧野友也もそうなのだろうか。

「まあね」

「じゃあ、イタコの筆記版は信じる？　イタコは口頭でメッセージを伝えるけど、霊が自分の中に降りてきて、その霊が自分の意思に関係なく自分の指を動かして、文章を書かせるとしたら……。そういう現象をどう思う？」

「ああ、自動書記のことね」

と、万里子はあっさりと専門用語で受けた。

「自動書記？」

「心霊現象の一つで、英語でAutomatismと呼ばれているわ。昔から、れっきとした霊訓として研究されている現象よ。あなたが生まれる前に、自動書記について書かれた分厚い本も出版されたわ。その後絶版になっていたのが、復刊したのは憶えているけど。牧師の霊媒師が霊界と交信した記録が書かれた本だったわね」

「くわしいのね」

「お父さんがくわしかったのよ。研究者同士だったから、よけい、科学では割りきれないことに興味が向いたのかもしれない」

「その牧師の霊媒師が霊界と交信した記録って、どういう文体で書かれているの？　たとえば、死んだ人とそっくりの文体、筆跡で文章が書かれることってあり得る？」

「死んだ人と筆跡が酷似（こくじ）していた例もあれば、書かれた字が不鮮明で判別できない例もあったわね。霊と交信するときは一種のトランス状態になっているわけだから、神経も高ぶるし、指先も震える。そんな言い訳がましいことが書かれていた気がするけど」

そう答えて、万里子は首をすくめた。

「そうなのね」

返事の内容によっては、牧野友也が書いたというあの手紙――祖父の霊からの返信――を見せてもいいかな、と思っていたが、あいまいな返答なので、手紙の提示は保留にした。

絵真自身、あの手紙の筆跡が祖父のもの、とは言い切れない。やはり、長年妻として接してきた寿美子に確認してもらうしかないのだろうか。

あのとき絵真は、「トリック」という言葉を突きつけて、吉村紀美子と牧野友也の表情の変化を観察した。二人が事前に宮園家の情報を入手して、何らかの目的であんな手紙を偽造したのではないか、とも考えたのだ。しかし、絵真にしてもその「目的」が思いつかない。「あなたをだますとして、ぼくたちにどんなメリットがあると思いますか？」という牧野友也の言葉に、もっともだ、とうなずいてしまう。とはいえ、「霊のしわざです」と言われたところで、そうですか、とすんなり信じるわけにもいかないのだ。

「どうして、急にそんなことが気になったの？」

娘にそう問う母の目にかすかに不安な光が生じた。

「ああ、ううん、そういう本を読んだから。死んだお父さんの霊が降りてきて、交信できたらいいな、なんて思ったの」

なぜ、父親からの返事ではなく、祖父からの返事だったのだろう、という疑問は持っている。あの手紙が本当に死者からの返事だったとすれば、の話だが。

「そうねえ。交信できたらいいわね。でも、交信できたらできたで、つらいこともあるわ」

「つらいことって何？」

「死者は、自分が死後の世界にいるとわかっているわけでしょう？　無念な思いをずっと引きずっているのよね。その無念さがこちらに伝わるのがつらくて」

「あ……うん、それは、わたしもそう思う」

同意したあと、二人のあいだに沈黙が続き、食卓がしんみりした。

「死んだ人は、生きている人の心の中だけで生きていればいい。そのほうが死者も生者も安心して暮らせる気がするから」

「そのとおりかもしれない」

母の言うことも一理ある。死者に「意識」や「自覚」があったら、無念さが募る一方だろう。そう思って、絵真はこの話を打ち切ることにした。

いま、すべきこと。それは、あの元ピアノ弾きという謎の男――牧野友也について調べることだろう。

6

七月も十日を過ぎて、梅雨明けを気にする時期になり、関東地方の紫陽花の名所も見頃を過ぎた感があるが、なぜか西けやき商店街にもっとも近い公園の紫陽花は見頃が長い。珍しい種類なのか、地中の養分が優れているのか、それはわからない。

忙しいランチタイムが終わったあとのティータイムを友也に任せて、新宿や吉祥寺に買い物に出る時間を、紀美子はときどき持つようにしている。買い物帰りに公園を散策するのも息抜きになる。

遊具がブランコと鉄棒だけの公園に人の姿はない。紀美子はベンチに腰かけて、フェンスに巡らされるように咲き誇る紫陽花を眺めた。

——どんなトリックを使ったんですか？

紫陽花から片岡絵真の言葉が想起される。

友也が書いた絵と文章の内容が、絵真の証言によって「事実」だと判明した瞬間、紀美子もそう思わざるを得なかった。一体、友也はどんなトリックを使ったのだ、と。

しかし、仕掛けなど何もなかった。一部始終を見ていたのだから、何もない、と言い切れる。あの晩、何かが彼の体内に降りてきて、何らかの啓示を彼に与えたとしか思えない。

それは、やはり、霊的な現象の一種なのかもしれない。それ以外にあの現象の説明のしようがないからだ。ピアノに向かったことが、啓示を受けるきっかけになった可能性は高いが、それも断定はできず、推測でしかない。

——わたしが軽率な行動をとったことで、あの子に嫌な思いをさせてしまったのでは。

反省の気持ちがこみあげて、紀美子はため息をついた。やっぱり、返事など出すべきではなかったのか。けれども、思いきって返事を出した結果、友也の不思議な能力が判明したのである。

収穫は、確実にあった。

独断で返事を出した紀美子に、友也は面と向かって怒りや苛立ち（いらだ）をぶつけてくるわけではない。片岡絵真の訪問のあとも、紀美子に対する彼の態度は変わらない。もともとそんなにおしゃべりな男ではなかったが、話しかければ応じるし、冗談を言えば反応して笑う。

しかし、一つだけ友也に関して変わったことがあった。レッスン日以外、ピアノに向かわなくなったことである。

「夜中にまたピアノを弾いてみたら？　そしたら、また何か啓示のようなものがあるかも」

一度そう勧めたら、

「あれはたまたまで、まぐれだよ」

と、友也は弱々しい笑みとともに切り返し、「トリックと思ってもらったほうが気がらくさ。もうその話題はよそう」と言った。

それから、二人のあいだには片岡絵真の話題を避ける空気が漂い、紀美子は友也の「右手の不思議な能力」には触れないでいる。

――過去をほじくり返されたくないのね。

友也の気持ちは痛いほど伝わってくる。右手の不思議な能力を話題にするということは、怪我に通じる「事故」の記憶をよみがえらせることになる。その怪我が友也のピアニスト生命を奪ったのである。

――人一倍強い正義感と勇敢さのせいで、あの子の将来は……。

心の中でそうつぶやきかけて、いや、そんなふうに考えてはいけないのだ、と自分を戒める。そこがあの子の長所であり、父親から受け継いだ唯一の財産ではないのか。

「まあ、きれいねえ」

声がして顔を振り向けると、二歳くらいの女の子を連れた女性が公園に入って来て、二人で紫陽花の前に立っている。

「ママ、何てお花?」

「紫陽花よ」

あじさい、とゆっくりと繰り返すと、母親は幼女の手を引いて、紀美子の前を通り過ぎて行った。前を通るときに、会釈を交わし合った。このあたりでは、知り合いでなくとも、近隣の住民らしいと察すると挨拶する習慣がある。

――あの子はどうしたかしら。

幼女の姿から二年前の「事故」を思い起こす。紀美子の中では、「事故」でもあり、「事件」でもある。当時、あの女の子はさっきの子くらいの年齢だったから、もう幼稚園に入っているだろうか。

都内の地下鉄の某駅だった。母子連れの幼女があやまって線路に落ちた。ホームに居合わせた男がとっさに線路に下りて、幼女を抱き上げ、ホームに戻した。電車が入線しかけていた。男は両腕に渾身(こんしん)の力をこめ、自分の体重を引き上げてホームに這(は)い上がった。数秒遅かったら間違いなく命を落としていただろう、というくらい電車は迫っていたらしい。

子供を助けられた母親は、わが子の無事を確認するのに無我夢中だった。まわりもただ呆然と見ていただけだったらしい。幼女を助けた男は、そこから立ち去った。男の姿が消えたあと、当事者の母子もまわりの乗客も駅員もわれに返ったようになり、大急ぎで「命の恩人」のその男を探した。だが、男は見つからなかった。

救出劇が騒ぎになり、マスコミに知れて反響を呼んだ。助けられた子の母親がマスコミを通じて、「名乗り出てください」と訴えたが、男は現れなかった。次に、警察が「感謝状を贈りたいので」と呼びかけたが、やはり、男は名乗り出ては来なかった。情報を集めるために駅構内の監視カメラをチェックしてみたらどうか、という声も上がったが、「犯罪者ではないのだから」という声に押されて実現しなかった。それに、当時、男はマスクをしており、目撃者は何人か現れたものの、風貌を憶えている者はいなかった。「身長は百七十センチくらいでやせ型の二十代くらいの男」という情報が寄せられただけである。

それが、牧野友也だった。

もちろん、紀美子は、その「事故」を知って、すぐにその男と甥とを結びつけたわけではなかった。もしかして、と思うようになったのは、しばらくしてある報道がなされたからである。

当初は伏せられていた事実が、その後、マスコミで明らかにされた。

「ホームの一部に血が付着していたことから、女の子を助けた男性は、身体のどこか――

おそらく手を怪我している可能性があると思われます。怪我によっては治療が必要になるため、ぜひ名乗り出てほしい、お礼と補償をさせていただきたい、と女の子の家族は話しています」

その報道に接して、紀美子には思い当たることがあった。あの日、友也は事故のあった駅を通る地下鉄を利用する、と言っていた。喉がいがいがするから、と数日前からマスクもつけていた。

事故の一週間後に会ったときには右手に包帯を巻いており、「どうしたの？」と聞くと、「ぼんやりしてたのか、グラスを割って、うっかり手の甲を切ってしまったんだよ。大丈夫、軽い怪我だから」と答えた。女の子の救出劇の日と怪我をした日がほぼ重なる。

――女の子を助けた男性は、友也ではないのか。

警察官だった父親譲りの正義感と勇敢さを備えた友也であれば、線路に落ちた幼女を見てとっさに身体が動いてしまったとしても不思議ではない。そう閃いた紀美子は、友也が怪我の治療を受けたという病院を探し出して――持っていた診察券を盗み見たのだ――、担当医に様子を聞いた。すると、想像以上のひどい怪我で、手の甲の傷を縫い合わせる処置を施したという。

「ガラスで切ったのでしょうか？」と聞くと、「いいえ、そういう状況の怪我ではないでしょうね。何かコンクリートのようなものに強く打ちつけて、しかも、激しくこすったような痕もありました」と医師は答える。事情がありそうなので、怪我のくわしい経緯については本人に問い質さなかったというが、犯罪性が感じられなかったためだろう。

そして、紀美子は、本人に事実を確かめることにした。

「この記事の若い男性って、友也、あなたのことじゃないの？」

友也を店に呼び出し、救出劇を報じる新聞記事を突きつけると、

「違うよ」

と、まともに記事を見ることもせずに友也は否定した。

「じゃあ、どうしてうそをついたの？　軽い怪我なんかじゃないでしょう？　何針も縫う怪我だったって」

怪我の直後に入っていた声楽家のピアノ伴奏の仕事をキャンセルし、友人に代役を頼んだことは調べ済みだった。

「そりゃ、包帯が取れるまでは演奏はできないけど、取れたらすぐに復帰できるよ」

「そうならいいけど」

そこは引き下がって、様子を見ることにした。

四か月がたち、前々から予定していた都内のホールでのリサイタルで、友也は演奏した。そのときの演奏を「若手ピアニストへの大きすぎた期待」とある音楽評論家に書かれ、表情に乏しいぎくしゃくした硬い演奏だと酷評されたのである。

友也の落ち込みようはひどかった。沈んだ気分を酒で紛らわせようとしたのだろう。深酒をして店に現れた友也に、「本当のことを教えて」と紀美子は迫った。

ようやく、そこで、本人の口から幼女を救出したこと、その際に右手の甲をホームのコンクリート壁に激しくぶつけて腱を傷つけたこと、その後ひそかにリハビリを重ねたが、皮膚のひきつれが完全には治らず、滑らかな指の動きを完璧に取り戻すことができなくて、とくに握力の低下が著しいことを聞かされるに至ったのだった。

「いまの話、誰にも言わないで」

と、すべて聞き終えた紀美子に、友也はすがりつくような目で懇願した。「マスコミなんかにリークしないでよね」

「どうして？」

「英雄扱いされたくないんだよ。ほら、カッコ悪いじゃないか」

「黙っていてほしいならそうするわ。でも、事情を知らない人はあなたの演奏を聴いて、このあいだみたいに酷評するかもしれないのよ」

「それはそれで仕方ないよ。自業自得というか」

「自業自得とは思えないわ。あなたは女の子を助けてあげたんだもの。リハビリを続けたら、指の力が戻るの？」

「それはわからない」

「とにかく、黙っていてほしいんだ。今後の仕事については、自分で何とかする」

そう告げたあと、友也は、本当に自力で私立高校の音楽講師の口を見つけ、その職に就いたのだった。

そして、その仕事が終わったあと、ピアニストに復帰することなく、「喫茶ポスト」でコーヒーをいれたり、定休日に子供たち相手にピアノ指導を行ったりする、平々凡々とした今日のような日常に至った次第である。まるで、プロの演奏家として生きることに見切りをつけたように。

——幼女を助けたことを黙っていてほしい。

友也のそうした思いの裏には、自分の過去を掘り起こされたくない気持ちがあるからだろう、と紀美子は解釈している。友也の勇敢さを称える声が大きくなれば、友也の父親が警察官——刑事で、殺人事件の捜査中に容疑者と格闘し、一般人を巻き込むまいとして自分が盾になり、胸を刺されて殉職した過去が明らかにされてしまう。さらには、幼いころに母親を病気で失った悲しい過去まで晒(さら)されてしまう。それらは、傷口をえぐる行為に等しい。

——あの子をそっとしておいてほしい。

姉が病死し、その後、義兄が殉職したあと、紀美子もそうした思いを持ち続けていた。

「じゃあ……」

だから、友也の勇敢さを誇りに思い、甥の偉大さを世に訴えたい気持ちを持つ一方で、そういう気持ちを必死に抑えながら、彼の過去には触れずにきたのである。

——でも、友也にはピアノから離れないでいてほしい。

レッスン日以外にピアノに触れない生活など、紀美子には考えられないのだ。怪我の後遺症のせいでホールでのリサイタルは断念せざるを得ないとしても、店内でのミニリサイタルや音楽愛好家を集めてのミニコンサートなどは開けるのではないか。開いてほしい、と望む商店街の声もある。

どう話を持ちかけようかと思案しながら公園を出たら、ちょうど商店街の知り合いが自転車で通りかかり、紀美子を認めると自転車を止めた。ミニリサイタルを開いてよ、と最初に言い出した大山精米店の店主だった。

「客が引いたときでいいからさ、コーヒー二つお願いね」

早口でそう頼むと、じゃあ、と大山は自転車をふたたびこぎ始めた。

「友也に届けさせるわ」

後ろ姿に声をかけると、大山は振り返らずに軽く手を振った。

西けやき商店街は、どの店も中心に位置する「喫茶ポスト」からコーヒーの冷めない距離におさまっている。したがって、たまに出前を頼まれることがある。

大山精米店はまだ代替わりしておらず、店主の大山は七十六歳になってもまだ精力的に車や自転車で配達を続けている。息子は大手の広告代理店に勤めていて、家族で墨田区内のタワーマンションに住んでおり、家を継ぐ気はさらさらないらしい。

大山精米店の今後を気にかけながら、見慣れた商店街を新たな目で見つめてみる。バゲットやクロワッサンがおいしいと評判のパン屋、クリームコロッケの特売日には行列ができる総菜屋、無農薬の国産レモンをつねに置いている果物店、定期的にレンズを磨いてくれるおじいさんのいる眼鏡店、「ここの水餃子（すいギョーザ）が一押し」と友也が贔屓（ひいき）の中華料理店、電話一本でいつでもワインや日本酒を配達してくれる酒屋……。老夫婦が営んでいた八百屋だが、後継者がいなくて店をたたんだと聞いている。何年か前までは八百屋だったところが改装されて、いまは古着屋になっている。

――うちの商店街、高齢化、後継者不在、建物の老朽化、と問題山積ね。

そんなことを考えながらわが店のドアを開けると、

「あっ、ママさんですね？」

カウンターの前にいた女性客が、紀美子を見て弾んだ声を出した。

「いらっしゃいませ」

そう応じてカウンターの横のレジへ視線を移すと、友也がこわばった笑顔を向けている。

「マスターは、ピアニストの牧野友也さんですよね？」

三十代半ばくらいの女性客は、手でカウンター内を示して聞いた。

どう答えようか迷っていると、

「だから、人違いですよ。よく似ているって言われるんですが」

と、友也が言ったので、紀美子は状況を把握した。友也は、ピアニストだった素性を隠したいのだ。

「そんなはず、ありません。前に来たときに、似ているかな、と思ったけど、勇気がなくて聞けなかったんです。だけど、今日来てみて、確信しました。だって、そこにピアノが入っているから」

「ピアノは飾りですよ」

と、友也が吐き捨てるように言った。

「ええ、飾りみたいなものです。わたしが弾くんです」

そう言い繕って女性客を帰すと、紀美子は大きなため息をついた。

ティータイムからディナータイムに切り替わる前に、客の途切れる静寂なひとときが訪れることがある。

「どうして、人違いだなんて言ったの？」

二人きりになると、カウンターの中で洗い物を始めた友也に問うた。

「面倒だからさ」

過去をあれこれ掘り返されるのが面倒、という意味か。

そこで言葉を切って、友也は首をちょっとかしげた。「今日から吉村でいいや。吉村友也で」

「何よ。それって……そういう意味？」

紀美子の養子になって、叔母と甥ではなく、母と息子になるという意味なのか。友也の真意を測りかねて、紀美子はうろたえた。

――戸籍上とはいえ、わたしが友也の母親に？

彼の母親になるチャンスは、過去に二度あった。

一度目は、姉の華江が死んで、まだ幼い友也と刑事である彼の父親が遺(のこ)されたときだった。

義兄の両親はすでに他界していて、幼い友也の面倒を見る人間がいない。ましてや、刑事という職業は昼夜を問わない。会社員だった紀美子は、仕事を終えるなり、友也の家に行って面倒を見た。ときには、体調を崩した友也を心配して会社を休んだ。休日には幼い友也を実家に連れて行った。ピアノ教室の送り迎えもした。まさに、母親がわりだったと言ってもいい。

「姉が死んで、その妹が義理の兄と結婚する。そういう例って昔は珍しくなかったのよ」

と、深い悲しみが癒(い)えたころ、紀美子は母親に言われた。

「だから、ぼく……」

紀美子は、友也の母親になる自信はあっても、常に危険と隣り合わせの刑事の模範的な妻になる自信はなかったのだ。模範的な妻がいるとすれば、やはり、それは亡くなった姉だけである。

次に、友也の母親になる機会が訪れたのは、両親を失った彼を吉村家に引き取ったときだった。

「名字が違うのは具合が悪いんじゃないか？」

「うちの籍に入れるべきかしらね」

と、牧野友也を巡って話し合いを始めた両親が、ふと会話をやめて紀美子を見ると、

「年齢的におまえの子供にできないかな」と、母親のほうがおかしなことを言い出した。

「お母さん、わたしはまだ結婚もしてないんだよ。いま友也の母親になったら、未婚の母ってこと？」

頓狂（とんきょう）な声を上げて言い返すと、「そうよね。交友関係もできあがっているし、いまさら名字が変わるのも、いじめに遭ったりしてかわいそうだから、牧野のままでいいわよね」

と、あっさりと母親は引き下がった。

「子連れでもいいって言う男が現れてくれたらなあ」と、父親のほうはまだこだわっていたが、「わたしが誰かと結婚して、友也を養子にするの？」と、子連れの意味が理解できずに聞き返すと、「それもそうだな」と、父親も引き下がった。

「どうせ、同じ屋根の下で暮らすのだから」と、そのまま両親の養子にすることもなく、友也は孫のまま、甥のままで、紀美子たちと同居することになったのだった。

「別に、真剣に考えないでよ」

真顔になった紀美子に、友也は苦笑顔で言い、おどけた口調でこう言い添えた。「牧野でも吉村でもかまわないよ。友也でいい、トモでも、ポストでも」

「ピアノでも?」

と、紀美子がつけたすと、友也は、一瞬、表情を引き締めたあとに緩めて、「まあ、何でもいいよ」と投げやりに答えた。

「あれからピアノは?」

弾いているのか、と聞いたつもりだった。

友也は首を左右に振ると、こう言葉を滑らかに紡いだ。「やっぱり、あれは、たまたまで、まぐれだったんだよ。ピアノに誘発されて、閃きや啓示が起きたわけじゃない。一生でたった一度だけ、神様が何かの気まぐれで、ぼくにあんな能力を授けてくれたのさ。あのとき、こう……右腕が突っ張ったようになったと思ったら、何だかひどくかゆくなって、そのうち指先にかゆみが移って……。たまらなく何か書きたくなったんだよ。頭の中に言葉がわいてきて、それを急いで書きとめないと、消えてしまいそうな恐怖に襲われてね。気がついたら、おかしな絵と文章を書いていた。あんな奇妙な体験は、人生で一度あれば充分だよ。何度もあったら困る。書いた内容と事実との一致は、偶然にすぎない」

――自分の右腕に何か不思議な能力が宿ったとしても、そんなものとはつき合いたくない。そういう能力は一度で使い切ってしまいたい。

そう言いたげな表情の友也に、紀美子は、「わかったわ」と納得せざるを得なかった。

「ごめんね」

その友也に唐突にあやまられて、紀美子は面食らった。

「紀美さんが結婚しなかったのは、ぼくのせいだよね」

そういう意味の謝罪か、と合点して、「違うわよ」と笑って返した。「いい男が現れなかっただけ。縁がなかったのね」

「意識的に男性を避けてきたんだろう？」

「そんなことはないわ」

否定はしたが、その先の言葉が続かない。

二つ違いの姉が癌に冒されて亡くなったとき、紀美子は三十歳だった。栄養士としての仕事に脂が乗り始めたところに、姉の死によって生活が激変した。自営業の両親の苦労を見て育ったため、会社員である自分の収入を絶つ道は考えられず、幼い甥の世話と仕事の両立を図るのにせいいっぱいで、確かに、私生活を犠牲にしたと言えるかもしれない。父親までも失った小学五年生の友也を吉村家に引き取ったあと、小学校を卒業させて、中学、高校と教育費を捻出する必要があった。ピアノの講師に友也の類まれなる才能を見出され、音大受験を勧められたときは、さすがに家族は迷った。経済的に支える力が果たしてあるのか。

だが、本人も音楽の道に進みたがっているのを知って、できるかぎりの応援をする覚悟ができた。

友也が大学進学のために家を出て一人暮らしを始めるというころには、紀美子は四十代も半ばに近づいており、七十代の両親の身体の衰えを憂える年齢になっていた。喫茶店というより街の食堂として親しまれていた「喫茶ポスト」である。長時間の営業をするには体力が必要になる。いつまでも両親にだけ店を任せてはおけない。いずれは、独り身でも自分が店を継ぐことになる。友也が家を出て三年後に、紀美子は会社を辞めて、店を継ぐ準備をする決心をしたのだった。

「これからはさ、紀美さんも自分の幸せ、見つけるといいよ」

気まずい沈黙を吹き飛ばすように、友也が軽い口調で言った。

「何よ、それ」

思わず噴き出して、「わたしは、もう五十四よ」とつけ加えた。

「五十四で幸せを見つけちゃいけないって法律はないさ」

——友也、あなたはどうなの？　わたしとお父さんとの再婚を望んでいたの？

まだ小学生だった友也に、彼の気持ちを聞く勇気は振り絞れなかった。いままで聞けずにいたことをいま聞くべきか、聞くならいましかないのでは、と躊躇した瞬間、顔なじみの男子学生のグループが入って来た。

「おばさん、定食できる？　まだ早い？」

「卵ハムカツ定食、お願い」

「今日は、マッシュポテトで揚げてよ」

マッシュポテトに刻んだ大葉を入れ、二枚のハムで挟んで揚げる卵ハムカツも人気がある。

「了解。お腹をすかせて待っててね」

紀美子は、急いで「喫茶ポスト」の女店主の顔に切り替えると、「忙しくなる前に、大山さんのところにコーヒー二つ、届けてあげて」と友也に小声で頼んだ。そして、「シフォンケーキもサービスにつけてね」とつけ加えた。

7

それは、祖母の寿美子が表現したとおり、赤さびの浮いた「高齢化」した郵便ポストだった。

絵真は、思わずバッグの中を探ってしまったが、もちろん、投函するような手紙の類は何もない。が、古ぼけたポストの親しみやすい投函口を見ると、手を差し入れてみたい衝動に駆られる。

――おばあちゃんも、毎回、こんな気持ちで絵手紙を送ってくれているんだわ。

ふわりと心の中が温かくなる。

寿美子から先日届いた絵手紙には、早くも涼しげなガラスの器に入ったかき氷が登場していた。いちご味のシロップの赤い色がポストの赤に通じていて、子供のころにがたがた鳴る氷かき器で氷を削ってくれた祖父を思い起こさせた。

新聞にまで登場した赤さびの浮いたポストを、記念にデジカメにおさめると、絵真は祖母の家へとふたたび歩き始めた。関東に遅れること一週間あまり、中国山陽地方も梅雨が明けて、歩道の照り返しがきつい。ハンカチで汗を拭いながら、人通りの少ない街並みを歩く。

山口県の岩国市といえば、錦帯橋界隈が観光地として有名だが、寿美子の家はそこからはずれている。羽田から岩国錦帯橋空港まで飛行機で一時間四十分。在来線の最寄り駅で降りて、赤さびが浮いたという郵便ポストを見るために、バスを待たずに、炎天下を祖母の家まで久しぶりに歩くことにしたのだった。

子供たちは夏休みに入っている時期だが、平日に連休が取得できたため、航空券は割合すんなりと取れた。

「お母さんも一緒に行きたいけど、いまは忙しくて休めないわ」

「おばあちゃんに会いに行く」と絵真が切り出したとき、万里子は意外そうな顔をした。

毎年、お盆の時期を避けて帰省する母は、今年も八月末になるという。去年は、絵真も母に休みを合わせて一緒に山口へ行ったのだった。

「どうして、いまの時期に?」と聞かれて、「何通も絵手紙を見ていたら、急に行きたくなったの」と答えておいたが、明確な目的があった。

牧野友也が書いた内容が本当かどうか、確かめるためである。

天から降ってきた何かに突き動かされるようにして書いたというあの手紙。そこからうかがい知れるのは、「寿美子」の家の庭に紫陽花が咲くこと、佐治川石が置いてあること、であり、「源吉」が「寿美子」にあてた手紙、ということだ。

毎年、梅雨の季節に祖母の家の庭に紫陽花が咲くのを絵真は知っているし、庭の石の存在も知っている。石の名前は母に確認し、佐治川という名前がついた石の由来も聞いた。

確認していないのは、「佐治川石の後ろあたり、掘ってみたら、面白いものが見つかるかもしれない」という箇所である。それを自分の手で、自分の目で確かめるために、絵真はここまでやって来たのだった。

大体の到着予定時間は伝えておいたとはいえ、門扉（もんぴ）の前で寿美子が待っているとは予想しなかった。

「絵真ちゃん、いらっしゃい」

もう三十分は庭に出ていて、門扉まで顔を出したりしていたのだろう。日よけの帽子を目深にかぶった寿美子は、鼻の頭に汗を浮かべている。

「おばあちゃん、こんにちは」

祖母に駆け寄ると、何だか前回会ったときよりひと回り縮んだ気がした。

「もっと早く来ると思ったのに」

「ああ、うん。歩いて来たかったから」

「それじゃ、疲れたんじゃない？ 暑かったでしょう？ ほら、中で冷たいものでも」

一泊だから荷物はそう多くない。絵真の鞄を持とうと伸ばした寿美子の手を制して、

「先に、庭を見ていい？」と絵真は聞いた。

「いいけど、どうして？」

「何となく懐かしくなって」

「昔、よくニシキと遊んだから？」

「ああ、うん」

ニシキというのは、この家で飼われていた柴犬だった。

庭を駆け回るニシキの子犬のころの姿が思い浮かんで、絵真は目を細めた。祖母が生ま

れたばかりの子犬を知り合いからもらって来たのは、絵真が小学校に上がったころだった
だろうか。錦帯橋からとって「ニシキ」と名づけられた柴犬は、十三年の天寿を全うして
七年前に天国へ旅立った。
夏休みや春休みなど、長期の休みに祖父母の家に来ると、最初に絵真を出迎えてくれた
のは、ニシキだった。嬉しそうにしっぽを振り、荒い息を吐きながら、花壇のあいだを駆
け回っていたものだ。
「紫陽花はもうとっくに咲き終わっちゃったのよ」
孫娘の視線が花壇に注がれているのに気づいたのか、寿美子は言った。
「おばあちゃん、あの石は佐治川石よね？」
紫陽花の葉の重なりの隙間からのぞき見える石を、絵真は指差して聞いた。念のための
確認だ。
「そう。よく憶えているね」
笑顔でうなずいて、「じゃあ、冷たいものを用意しておくから」と、寿美子はいそいそ
と家に入って行く。
玄関に入って荷物だけ置くと、絵真は庭に出た。どこに園芸道具が置かれているのかは
知っている。軍手と小型のシャベルを見つけ出して、花壇の後ろへ回る。
三角おむすびのような形をした緑色がかった大きな石が、花壇の外、群生した紫陽花の

背後にある。花が終わった紫陽花は、来年の新芽のために寿美子の手でていねいに剪定されている。

小さいころは、この石の後ろをかくれんぼうの場所にしたものだった。足元の土は柔らかい。梅雨が明けてからも、来年、紫陽花がふたたび花を咲かせるために、と寿美子が根気よく水を撒いているのだろう。

青紫色の可憐な花が何本も咲いている。

「あさつき、か」

自然に花の名前が口からこぼれ出て、絵真はわれながら感心した。昔、野草や野の花の好きな祖父の源吉に教えてもらった花の名だ。

――世の中には、雑草なんて名前の草は存在しないんだよ。

源吉は庭にかがみこんで、絵真には雑草としか見えない青くさい草をつかんでは、そう言って正式名称を教えてくれたものだった。食べられる草が意外に多いということも源吉から教わった。

――あさつきも確か、食べられるんじゃなかったかしら。

そんなことをぼんやりと思い返しながら、絵真はシャベルを持つ手を動かした。どこをどれくらい掘ればいいのかわからないが、とにかく、佐治川石の後ろあたりを掘れ、という手紙の指示に従うだけだ。一箇所を深く掘り返すのではなく、広範囲にわたって浅く、を心がけた。

——面白いもの、とは何だろう。

胸を高鳴らせながら作業を続ける自分に気づいて、絵真はハッとした。これでは、あの手紙の内容を信じていることにならないだろうか。絵真は、「喫茶ポスト」の二人に向かって「トリック」という言葉を使い、「わたしはだまされません」と宣言したのである。

——いや、まだ信じてはいない。本当かどうか、一刻も早く確かめたいだけ。

そんな言い訳を自分にしながら、シャベルで土を掘り返していると、シャベルの先が柔らかいものに当たった。布のようなものだ。

衣類の一部、と想像してしまい、わずかに背筋に寒気が生じた。霊界からのたよりであるならば、何かしら「死」と連結していても不思議ではない。

しばし手を止め、大きく深呼吸をして、作業を続ける。土の中から何が出ても驚かないぞ、と腹を決める。

掘り出してみると、それは、ビニール袋に入ったスリッパの片方だった。小さめの女性用のもので、かかとが低い。もとは黄色だったらしいが、地中に長く埋もれていたせいか、色褪せている。ビニール袋の口をしっかり閉じていないので、地中の水分が染み入ってしまったのだろう。

——どうしてこんなものが？

シャベルですくい上げると、スリッパの下から何か白いものが見えた。ビニール袋を開け、軍手をはめた手でそれを引き出す。

ビニールコーティングされた一枚のはがきだった。絵真は息を止めて、しばらくそのはがきに見入っていた。

用意してきた真新しいビニール袋二枚に、それぞれスリッパとはがきを慎重にしまう。さらに、周辺も掘ってみたが、土に混じって細かな石がごろごろと現れるばかりだ。

「絵真ちゃん、何してるの？」

手間取っているのを不審がったのだろう、寿美子がまた表に出て来た。

「おばあちゃん、これ知ってる？」

絵真は、スリッパが入ったほうのビニール袋を寿美子に差し出した。

「これって……」

眉をひそめていた寿美子は、ああ、と胸をつかれたような声を出した。「これ、わたしのスリッパよ。どうしたの？　どこから？」

「佐治川石の後ろを掘っていたら出てきたの」

「どうして？　何で？」

寿美子は目をぱちくりさせて、汗をかいた孫娘と、ビニール袋の中のもどしかけの巨大な干し椎茸のようなスリッパを見比べた。

「理由は……ともかく、これは本当におばあちゃんのスリッパ？」

「そうよ。いつも履いてたスリッパ。片方なくしたと思っていたんだけど、こんなところになぜ？」

疑問を投げかけた寿美子は、ああ、と大きくうなずくと、自らその答えを出した。「そうよ、ニシキよ。ニシキがこんなところに隠したのね」

「おじいちゃんじゃなくて？」

「おじいちゃんがするわけないじゃない」

寿美子は、目じりを下げて笑った。「あの人は、こういういたずらをする人じゃなかった。もっと機知に富んだことをする人で……」と、そこまで続けて言葉を切ると、寿美子はハッとした表情になった。

「どうしたの？」

「そういえば、おじいちゃん、いつだったか、『タイムカプセル』って言葉を口にしてた」

「タイムカプセル？」

「何年前だったか、まだニシキが元気だったころだから、十年くらい前？　そう、十年！」と、寿美子は弾かれたように手を叩いた。「確かに、おじいちゃん、十年って言葉を出したもの。あれは、テレビを観ていて、どこかの小学校の校庭に、卒業記念に何か埋めるって話題のときだったたか。そういうの、タイムカプセルっていうんでしょう？　おじいちゃん、『うちの庭にもタイムカプセル埋めようか』なんて冗談言って」

「おばあちゃんは何て言ったの？」

「記念に埋めるようなものなんてない、そんなふうに返したかも」

目を細め、昔を懐かしむ表情になって、寿美子は穏やかに話を続けた。「あの人、あのとき、『十年後、掘り返してみようか』なんて、何だか謎みたいなことを言ったけど、いま思えば、このことかもね。ニシキがいたずらしてわたしのスリッパの片方をここに隠したのを、あの人は何かの拍子に見つけて、でも、面白いからそのままにしておいたのかも。犬ってときどき土を掘り返したりするでしょう？ ニシキはなぜか、わたしの持ち物が好きでね。匂いが好きだったのかもしれないけど、靴下やエプロンやスリッパをくわえては、どこかに飛んで行って隠すの。大体はすぐに見つかるんだけど、なかなか見つからなくて、次の日縁の下から見つけたこともあった。でも、このスリッパだけはとうとう見つからなかった。愛着はあったけど、だいぶくたびれていたし、そんなに高価なものじゃなかったから、出てこなくてもいいか、なんて思って忘れていたんだけどね。おじいちゃんは、十年後に掘り返してわたしをびっくりさせるつもりでいたのね。だけど、その前に自分が死んじゃって……」

「おばあちゃんをもっと泣かせちゃうかもしれないけど」

目を潤ませて語る祖母に、絵真も声を詰まらせながら切り出した。「その推理、当たっているともうよ。だって、スリッパと一緒にこんなものが埋められていたから」

眉をひそめた祖母に、絵真は一枚のはがきを渡した。図書館の本のようにビニールカバーでコーティングされていたので、中は傷んでいない。表面の汚れだけ拭き取ったのだ。

「これは……おじいちゃんが描いたのね」

寿美子はつぶやいたきり、呆然とした表情ではがきに見入っていたが、やがて、「下手な絵手紙ね」と泣き笑いの表情を作った。

はがきにはつがいのオシドリらしき鳥が描かれていて、「余生を楽しもう！」と筆字が添えられている。かろうじてそれがオシドリだと察せられるのは、色鉛筆で羽に彩色されていて、二羽の下に水面を表す水色の線が数本描かれているからだ。

「脳梗塞で倒れたときは、庭の『タイムカプセル』のことを伝える余力もなかったのね」

「そうかもしれない」

余生だなんて、と寂しげに続けた寿美子は、ハッと目覚めたような訝しげな表情になった。「でも、どうして、絵真ちゃん、このこと知ってたの？　おじいちゃんから聞いてたの？」

8

「これ、おじいちゃんの字よ」

手紙を見るなり、寿美子はそう言い切った。

くわしい説明は家に入ってから、と絵真は手を洗うと、居間で祖母と向かい合って、あの手紙を見せた。

「おじいちゃんが書いたものってこと?」

「そうよ」

「紫陽花の絵も?」

「ええ。おじいちゃん、草花は細い線でこんなふうに描いたもの」

孫娘から渡された手紙をテーブルに置くと、「で、絵真ちゃん。いつこれをおじいちゃんにもらったの?」

「いつって……」

返答に詰まる。そうよね、と絵真は思う。生前の源吉が書いたもの、と受け取るのも無理はない。が、脳梗塞で倒れた直後の病院で書けたはずはない。

「これは、おじいちゃんが書いたものじゃない。そう言ったら、驚く?」

事実は早く伝えてしまったほうがいいだろう。たとえ、それが容易には受け入れがたいものだとしても。

「じゃあ、誰が書いたの？」

「若い男の人。わたしと同じくらいの」

「絵真が書くように頼んだの？」

「違うの。勝手に書いたの。ある日、突然、彼の身体におじいちゃんの霊が降りてきて、彼の指を動かして、紫陽花の絵を描かせて、こんな文章を書かせたんだけど」

なるべく軽い口調で、淡々と事実だけを述べた。

笑い飛ばされるのを覚悟していた絵真は、祖母の顔がこわばるのに気づいた。

「いつのこと？」

「今年の六月の終わり」

「その男の人って誰？」

「喫茶店で働いている人で、牧野友也さんっていうの。わたしの知り合いってわけじゃなくて、たまたま入った喫茶店の人で、元ピアニストなの」

その牧野友也については、インターネットで調べ済みである。名前と「ピアニスト」で検索したら、過去のリサイタルやコンサート情報からヒットしたのだった。東京都出身で、国立大学のピアノ科を卒業後にドイツに留学、帰国後は演奏家として活動していたが、二年前の都内でのリサイタルを最後に、現在ピアニストとして活動している様子は見られないことがわかった。

最近の情報が得られないかと思って2ちゃんねるなどの掲示板をのぞいてみたら、音楽の項目のところに「牧野友也はいま」という独立したスレッドが立っていた。残念ながら、情報量は少なかった。一年前に「都内の高校で教えているらしい」という書き込みがあり、それに応じて新たな情報を加える者もないままに時が流れていたが、つい先日、久しぶりに書き込みがあった。「杉並の喫茶店にいるの、牧野友也じゃない？」というものだが、店名も場所も書かれていない。確認がとれなかったのだろうか。

ともかく、以前の書き込みを見るかぎり、海外でのコンクールの入賞歴もあり、整った顔立ちでもあることから、一部に熱狂的な女性ファンがついていた「イケメンピアニスト」だったのは間違いない。

——なぜ、演奏活動をやめて、叔母が経営する喫茶店に？

牧野友也は、「以前は、ピアノ弾きでした」と、ピアニストだった過去を絵真に正直に明かしたのである。過去を隠さなかったということだ。近所の子供たちにピアノを教えるくらいだから、まったくピアノから離れてしまったとも思えない。

——友也の右手は普通の右手じゃない……。

吉村紀美子は絵真にそう言い、その先の言葉を牧野友也に遮られた。絵真には、あのときの言葉にその謎の答えが秘められているように思えてならないのだ。

――ピアニストとしての活動をやめた理由が右手にあって、その右手に普通でない力が宿っている。その普通でない力とは、すなわち「超能力」で、死んだ人間の言葉を代筆する力である。

そんなふうに順序立てて考えると、すべてきれいにつながる気がする。

――たとえば、ピアノの演奏にかかわるような怪我を右手に負ったなら……。

そこまでは推理できた。しかし、牧野友也に関して「怪我」とか「右手」、あるいは「事故」などというキーワードで検索しても、何一つヒットしなかった。本人に会ったときの印象からも、彼が右手を傷めているような様子はうかがえなかった。

だが、引っかかった言葉はある。「事情があって、右手と左手を使い分けているんですよ」という吉村紀美子の言葉だ。字を書くときは右手で書き、コーヒーをいれたり、テーブルにカップを置いたりするときは左手を使っていた牧野友也である。

「事情」があるという。絵真は、その「事情」とやらをどうしても知りたいのだ。

ある程度、その「事情」は推測できる。ピアニストには微妙な指使いが要求されるものだ。目につくような大きな傷はなくとも、繊細な演奏に支障をきたすような何かしらの怪我を、過去に負った可能性は考えられる。

「喫茶店で働いている、絵真くらいの年齢のピアニストだった人で、牧野友也さんね」

寿美子は、その男の輪郭を頭の中でなぞるようにゆっくり繰り返した。

祖母の声で、絵真はわれに返った。とにもかくにも、牧野友也が書いた手紙のとおりに「面白いもの」が見つかったのである。そして、「面白いもの」の正体を手紙の中で明かさなかった理由にも思い至った。牧野友也が——いや、源吉自身が寿美子に見つけてほしかったのだろう。死んでからも妻を驚かせたかった祖父の茶目っ気をほほえましく感じている自分に気づいて、絵真は胸をつかれた。

——わたしは、もうすっかりあの手紙を信じている。

あの二人にだまされたとは、もはや思っていないということだ。

——牧野友也の右手には、やっぱり、不思議な力が宿っている？

少なくとも、わたしは、この手でその「面白いもの」を掘り当てて、この目で確認した。

そのことを彼に伝えるべきだろうか。

「絵真ちゃん、その人のこと、好きなの？」

思案していると、不意に寿美子が思いがけない質問を向けてきた。

「まさか。お店で二回会っただけだよ」

「好きになるのって、回数じゃないでしょう？」

寿美子は微笑んで、「おじいちゃんとだって、一度会ったきりで結婚を決めたもの」と、自分の話につなげた。祖父母は見合い結婚である。

「でも、二人きりで話したことなんてないよ」

しかし、ピアノを弾く牧野友也の姿は見てみたいと思う自分がいる。

「それより、おばあちゃんは信じるの？　疑わないの？」

顔色に色気がにじみ出ているのだろうか、と不安になった絵真は、本題に戻った。

「疑うって、何を？」

「何かのトリックかもしれない、そんなふうには思わないのか、って意味。事前におばあちゃんの家のいろんな情報を得て、あたかも、天国からおじいちゃんがおばあちゃんに返事を書いたように見せかけて、こんな手紙を書いた……」

「牧野さんが、どうしてそんなことをするの？」

「どうしてって……」

ふたたび返答に詰まる。そんなことをして、自分たちにどんなメリットがあるのか。牧野友也に問われたときも、自分自身を納得させられるような返答ができなかったのである。

「元ピアニストのその人は、そういう不思議な力を持っている人なんじゃないの？」

寿美子は、邪心のない様子ですんなりと口にする。

「おばあちゃん、そういう不思議な力を信じられる？」

「信じるも信じないも、牧野さんがこの手紙を書いたのは事実なんでしょう？」

「うん」

「じゃあ、そういうこと。牧野さんは、霊的な能力のある人なのよ」

あっさりと受け入れた祖母に、絵真は拍子抜けした気分になる。

「でもね、彼はいわゆる霊媒師でも何でもないのよ。もちろん、『あなたには何かが取りついている。お祓いしてあげましょう』なんて言って、いかがわしい壺を売りつけるような人でもないわ。特別なことといったら、ピアニストだったという経歴だけで、あとは本当に普通の人だったの。たまたま、あのときだけ不思議な力が宿ったというか、気がついたら、こういう絵と文章を書いていたんですって。だから、おじいちゃんの霊が彼の中に降りてきたとしか思えないのよ」

夢中で説明しながら、なぜ自分は牧野友也をこんなふうに熱く擁護しているのだろう、と絵真は思った。

「おじいちゃんの思いが奇跡を呼んだ。そう考えれば、世の中、不思議なことなんて何もないわ」

源吉が書いた絵手紙を見て大きくうなずくと、「その喫茶店の話、くわしく聞かせて」と、寿美子は身を乗り出した。

9

「お気遣いいただいて、どうもありがとう。コーヒーに合うお菓子を選んでくださったのね」

紀美子は、カウンターの中でコーヒーをいれながら、テーブル席の絵真に言った。絵真と向かい合う形で、ポーカーフェイスの友也が座っている。

「このあいだは、失礼なことを申し上げてすみませんでした」

そう言いながら、絵真は紀美子から目の前の友也へと視線を移す。

「失礼なこととは思っていませんよ」

と、友也が小さく微笑んだ。

「そうですよ。失礼なことを言ったのは友也のほうだもの」

と、紀美子も応じて、あなたこそあやまりなさい、と友也を軽く睨んだ。

絵真が持参した岩国みやげの洋菓子とコーヒーを運ぶと、紀美子もテーブルに着いた。

前回に比べて、はるかに空気が和んでいる。

「祖母のところへ行って、この目で確認して来ました。確かに、花壇の佐治川石の後ろには、面白いものが埋まっていました」

三人が揃ったところで、絵真が切り出した。「現物は持って来られませんでしたが、『面白いもの』の正体がわかりました」

当然、バッグから写真か何かを取り出すものと思い、紀美子は絵真の手元を見ていた。

だが、絵真は、視線を紀美子と友也に交互に投げかけるだけだった。

「面白いものの正体、知りたいですか？」

焦れて友也へ顔を振り向けたとき、絵真がようやく口を開いた。

「それは、もちろん、知りたいですよ」

紀美子は、焦らされたことに少し苛立って答えた。「その報告にいらしてくださったんでしょう？」

そのはずだ。昨夜、「わたし、山口の祖母のところに行って来たんです。明日、お休みですよね？ ピアノのレッスンが終わるころに、お店におうかがいしていいですか？」と、絵真のほうから電話をかけてきたのだった。その口調が柔らかかったので、吉報を期待し、ホッとしていたのだが……。

「牧野さんも知りたいですか？」

友也にいたずらっぽく問う。

「そこまで大きな謎を投げかけられて、けっこうです、とは言えませんよ」

と、友也はユーモアをこめて切り返す。

「それじゃ、お教えします。ただし、交換条件があります」

「交換条件？」

顔を見合わせた二人に、日に焼けてうっすら赤みがかった肌に笑みを浮かべて、「右手の秘密を教えてくれたら、かわりに面白いものをお見せします」と絵真は言った。

友也の右手に関することだろう。先日、紀美子は、「友也の右手は普通の右手じゃない」と口走ってしまったのである。

「いいですよ」

友也が即座に請け合ったので、紀美子は面食らった。

「あなたは、ここに来るまでにぼくのことを調べたはずです。違いますか？」

「調べましたよ」

答える絵真の顔から笑みが消えている。

「そしたら、ある程度、推理はできたでしょう？　留学経験もあって、帰国後演奏活動をしていたぼく——牧野友也がなぜ、現在活動を中止しているのか」

「右手を怪我されたんですか？」

答えながら、絵真は友也の右手を見た。その友也は、まさに右手でコーヒーカップの取っ手をつかんでいる。

「お店でお客さんに接するときは左手を使って、そのほかは右手を使っているんですよね」

「あ、ああ、そうなの。友也は、そうやって右手と左手を使い分けているの。お店では粗相があるといけないから、左手を使うようにして。不意に指の力が抜けることがないともかぎらないから」

と、二人のまわりに漂う緊迫感に耐えられずに、紀美子は答えた。

「どんな怪我だったんですか？」

絵真が正面から切り込むように友也に聞いた。

「あなたは、ピアノを習ったことがありますか？」

質問に答えるかわりに、友也は質問で切り返した。

「小学校に入ってちょっと。半年でやめてしまいましたけど」

「向き不向きはありますからね。最初に相性の合う指導者に出会えるかどうか、それがピアノの習得には大切なことです」

「そうですね」

一瞬、虚をつかれた表情をして、絵真はうなずいた。厳しい先生に出会ってピアノの稽古が嫌になってしまったのかもしれない、と紀美子は察した。

「どんな怪我だったか、くわしくお教えする前に、お好きな曲を一曲披露しますよ」

コーヒーをひと口飲んで、友也は言った。

ピアノを演奏する、と知って、紀美子の体内にも緊張が走った。友也は一体、何を考えているのだろう。子供たちに指導するとき以外、頑なにピアノに触れるのを拒んできた友也である。

「ぜひ、お願いします」と、絵真が拍手をするまねをした。

「演奏するには集中力が必要なんです。気がかりなことがあるといい演奏ができません。だから、まず先に『面白いもの』を見せてくれませんか？」

そういう作戦だったのか、と紀美子が感心していると、絵真は素直にバッグからクリアファイルを取り出した。中に写真が数枚挟まれている。

「手紙にあったとおりに庭を掘ったら、こんなものが出てきたんです。祖母のスリッパの片方です。十年前から見当たらなくなっていたものだそうです」

と、友也に渡しながら、絵真が説明する。

友也がクリアファイルから引き出した写真を、紀美子も横からのぞきこんだ。庭に掘られた浅い穴、ビニール袋に入った黄土色に見えるスリッパ、眼鏡をかけた老人の顔、縦書きに文章が書かれたはがき。それらを写した四枚の写真を、友也から手渡されて順に見ていく。

「おばあさんの家では昔、犬を飼っていませんでしたか？」

写真を見終えると、唐突に友也がそんな質問をした。

「あ……飼っていました」

放心したような表情のあとに、絵真はこくりとうなずいて、「どうしてわかったんですか？　それも何かの啓示があったんですか？」と質問を重ねた。

友也が答えずに微笑んでいたので、「この子の推理能力はすごいんですよ」と、紀美子はちょっと得意げに言った。間違いなく、彼はそう推理したのだ。

「たぶん、飼われていた犬がおばあさんのスリッパを片方くわえて、庭に穴を掘って隠したんでしょう。よくある犬の習性です。でも、好物をお気に入りの場所に隠すんですが、バカな犬はどこに隠したかすぐに忘れてしまうんですよ」

「バカな犬、だなんて」

失礼な表現に困惑して、紀美子はおろおろしながら絵真を見たが、彼女は友也の優れた推理能力に感服したらしく、気分を害した様子には見えなかった。

「そうなんですね」

感心したようにまたうなずくと、絵真は説明を続けた。「ニシキのことはわたしも大好きでした。よく庭で一緒に遊んだものです。ニシキが死んだのは七年前で、祖父が亡くなったのは二年前。祖父は生前、祖母に謎めいたことを言ったのだそうです。『うちの庭にもタイムカプセル埋めようか』とか『十年後、掘り返してみようか』ってね」

「ニシキがまだ元気だったころ、つまり、いまから十年前に、ニシキがあなたのおばあさんのスリッパを庭に埋めた。まずそう考えられますね」

絵真の説明の続きを、友也が引き取ってそう推理すると、

「それから、祖父はどうしたと思いますか？」

絵真は、友也の推理を楽しむように先を促した。

「何かの弾みにスリッパを発見したおじいさんは、おばあさんには黙っていて、十年後に掘り出して、『タイムカプセルから面白いものが現れたよ』と驚かせるつもりで、そのままにしておいたんです。違いますか？」

「そのとおりです」と、絵真は認めた。

「でも、残念ながら、おじいさんはその前に倒れてしまい、愛するおばあさんにサプライズを演出する機会を失ったんです」

「ドラマティックねえ」

と、紀美子は言い、大きなため息をついた。なくしたまま出てこないものと諦めていたスリッパが、思いがけない場所から発見されたのである。

「ほかにも埋まっていたものがあったんじゃないですか？」

紀美子が口にしたドラマティックという言葉を待っていたかのように、友也が絵真に聞いた。「それこそ、絵手紙のようなものが」

「さすがですね」

絵真は、そう言って微笑むと、「そのとおりです。実は、絵手紙も一緒に出てきたんです」と、もう一枚写真を取り出して、二人に見せた。

「これは……」

紀美子は、友也と顔を見合わせた。言葉にしなくとも、互いにわかっていた。寄り添うつがいのオシドリを描いたのは、絵真の祖父の源吉に違いない。「余生を楽しもう！」という文字が躍っている。

「サプライズになったじゃないですか。……それでは一曲」

と、友也が席を立ち、わずかに腰をかがめると、「ドビュッシーはお好きですか？」と絵真に聞いた。

「ドビュッシーですか？　クラシックはくわしくありませんが」

答える絵真の頬（ほお）が真っ赤に染まっている。

「では、あなたの雰囲気にぴったりの曲を弾きましょう。『亜麻色の髪の乙女』は、おそらく耳にしたことがあるでしょう。一曲披露したのちに、この右手の秘密をお教えします」

友也は、二人の前に右のてのひらを突き出した。

「あの……わたし」

絵真は、栗（くり）色の長い髪の毛に手をやって、うわずった声を出した。「秘密は必ず守りますから。絶対に他言はしません」

「わかっています」

友也はそう応じて、店の隅に置かれたピアノに向かった。

幕間

1

拍手で迎えられた途端、真壁志保はここに来たことを後悔した。明らかに大仰な演出である。

「お義母さまからうかがっています。ようやく決心してくださったんですね」

と、中心にいた志保より少し年上に見える女性が微笑んで言った。今日の集まりの代表者的な存在で、早川という名前の女性だとは義母から聞いていた。

「いえ、決心というか……。一度、どんな集まりか見てみようと思って、それで……」

入会したわけではない。戸惑いながら言いかけたのを、

「そうですよ。行動を起こさなければ、何ごとも始まらない。その一歩前進しようとする気持ちが大切なんです」

と、早川は力強い語調で遮った。居並ぶ女性たちが一様に大きくうなずいたが、彼女たちの顔に早川と寸分違わぬ笑みが貼りついているのを見て、志保はゾッとした。個性が抜かれたような顔つきだ。

「それでは、全員揃ったところで、始めましょう。さあ、真壁さん、席に着いて」

早川に促されて、志保は一番前の席に座った。会員の誰かの自宅の敷地内なのか、義母に住所を教えられて行き着いたところは、普通の二階家の隣にあるプレハブ建ての「集会所」だった。教室のようにホワイトボードがあり、長机とパイプ椅子が並んでいる。ざっと数えて、今日の集会には三十人くらい集まっているだろうか。多少の年齢差はあっても、全員、志保と同年代に見える。

「むずかしく考えないで、気軽に参加してみなさいよ。そうそう、最初は同じくらいの年のお仲間がいる集まりがいいわ。幼稚園児を持つ母親の集まり。そう、ママ友の会に」

それまで何度も誘われるたびに言葉を濁(にご)してきた志保だったが、ママ友の会と聞いて、出てみようかと思い立った。一度でも参加しさえすれば、その後うるさく言われないだろう、と考えたのだ。

しかし、それが間違いだったのにすぐに気づいた。すでに、早川もほかの女性たちも志保を仲間、いや、会員と見なしているような雰囲気だ。

「さあ、では、はじめて参加される真壁志保さんに、今日は声を出して読んでいただきましょう」

と、いきなり早川に指名されて、志保は緊張で顔をこわばらせた。

早川が指差した先、ホワイトボードの上の壁には、白い模造紙が貼られていて、黒いマジックで文章が書かれている。それを読め、と言っているのだろう。

いまさら退室はできない。全文が視野に入り、読む前にその意味がすでに呑み込めていたが、志保は覚悟を決めて読み上げた。

「早寝早起きを心がけましょう。子供の話には耳を傾けましょう。親切を惜しまず、見返りを求めず、の精神を貫きましょう。家庭が社会の基本であることを自覚しましょう」

まるで小学校、いや、幼稚園のお約束ごとみたい、という恥ずかしい感情が表れたのか、最後のほうは声がかすれてしまった。

「はい、よくできました」

わざとらしく言い、早川が手を叩いた。つられて、ほかの女性たちも盛大に拍手をする。

「ほら、むずかしいことじゃないでしょう？　どれも、社会生活を送る上で必要とされる基本的精神だし、子育てでも同じよ。夜更かしさせずに早く寝かしつけて、早起きさせる。子供の話をじっくり聞く。親切心を忘れないのは、家族に対しても同じ。それが家庭円満の秘訣なのよ」

かんでふくめるように言うと、さあ、と早川はまた全員に向かって手を叩く。「グループでかたまって、お互いに何でも悩みを打ち明けて、話し合いましょう」

グループって？　と面食らっていると、当然のように隣の女性が志保の腕を引いた。あらかじめグループ分けされているらしい。

「うちの子は、今年小学校に入ったばかりで、いま悩んでいるのはお友達との関係で。ほら、女の子の集団っていろいろあるでしょう？」

と、グループの一人が口火を切った。

「そうなのよ。うちの子も今度、バスで行く社会科見学があるんだけど、どの子と並ぶかでもめてるのよ」

「うちもそう。必ず、あぶれる子が出ちゃうのよね」

即座に同調する者が現れ、話が盛り上がる。その後もだらだらと雑談が続いたが、志保の頭には内容が入ってこなかった。集会が終わり次第、ここから逃げ帰ることしか考えていなかった。

――宗教じゃないのよ。人間としてどう生きるべきか、その正しい道をみんなで考え、日常生活の中で実行に移していく集まりなの。

義母の真壁敏子は、自分が所属している「人の道実践会」についてそう説明し、志保に会報を見せて、「ほらね、宗教法人じゃなくて、社団法人って印刷されているでしょう？」と、柔らかい口調で補足したが、インターネットで会について調べた志保は、それが、もともとは宗教法人であった団体であるのを知っている。人間としての倫理の追求が目的であり、敏子がそうしているように、会の機関誌を配って購読者を増やし、賛同者を勧誘して会員増に努め、会費を集めるのが目的であることも、ほかの宗教団体が行っている活動と何ら変わらない。

それればかりか、「徳を積むには欲を捨てねばならない」と説き、欲を捨てたことを証明するために私財を寄付する行為を歓迎している点も、まさに宗教団体そのものである。寄付の額によって会の中での地位が決まるらしい。

敏子の場合はどうなのか、志保は踏み込んで聞いたことはなかったが、志保の夫の浩は、「年金の範囲で会費を払ったり、いくらか寄付したりしているんだろう。おふくろの場合はそれが生きがいの一つになっているみたいだから、別にいいんじゃないか」と、自分の母親が布教活動じみたことをしていても意に介さない。

「それに、基本的に、おふくろは善意の人なんだ。学校教育に情熱を注いできたし、ないがしろにされがちな家庭科という教科に誇りを持っている。おふくろの言うことは間違ってはいないだろう？」

などとのんきに構えているのだが、確かに、敏子の言うことは正論である。だが、正論なだけに面と向かって反論できず、厄介なのも事実なのだ。

敏子の夫は、六年前に病気で亡くなっている。志保が結婚を前提に浩と交際していたときだった。定年まで公立中学校の家庭科の教師を務めた敏子は、一人暮らしになってからも、自分と同じように教師だった夫と蓄えた貯金と年金でそれなりに余裕のある生活を送っている。

「まだ六十代で若いんだし、いまのところ、こっちが面倒見る必要もないんだから、ありがたいと思わないと」

息子である浩は、志保が義母のことで何か言う前にこちらの口を封じるような言い方をするのだ。

「逆に、家が近くなってからは、千夏のことでおふくろに世話になっているからね」

そこまで言われては、なおさら義母に関する不平不満は言いにくい。

この春、電子機器メーカーに勤務する浩は、千葉から所沢に転勤になり、それに伴って所沢市内にローンを組んでマンションを購入した。なぜマイホームの購入を決めたかというと、義母が住む実家が隣の三芳町で、行き来が便利だったからという理由もあったが、志保自身もそれまでの環境から離れたい気持ちがあったからだった。

それまで住んでいた地域では、二年前の「事故」を知らない人間はいなかった。その地を離れれば、もう人の口にうわさが上ることもないだろう、と考えたのだ。

二年前のあの日、志保は、娘の千夏の手を引いて、都内の地下鉄の某駅のホームにいた。千夏は、当時二歳半。その少し湿った小さな手を、ずっとつないでいたつもりだった。一瞬の油断だったのかもしれない。もともと千夏は、活発に動き回る子で、目を離さないように気をつけてはいた。

大学時代の友人に会いに行った、その帰りだった。大学を出て食品会社に就職した友人は、結婚後すぐに子供ができて、一年間の育児休暇をとったのちに、職場復帰を果たしていた。勤務先の会社が運営する保育施設に子供を預けたと知って、志保は心からうらやましく思った。「就職先を探すときに、そこまで調べないとね」と、彼女は用意周到ぶりを自慢していた。人脈の広い彼女から、仕事や保育施設に関して何か役立つ情報は得られないだろうか。そう考えて接触を試みた。目的を告げるわけにはいかず、義母に預けるのもためらわれて、幼い千夏を連れて行くはめになったのだ。

——結婚して、出産してからも、仕事は続ける。

志保もそういう人生設計をしていたはずだった。が、現実はうまくはいかない。東京の大学を受験するために富山から出て来て、大学卒業後はそのまま東京で職を探して住み着く。できれば、そこで結婚相手を探して、結婚、出産へと進む。地元の富山での生活を選んだ兄と姉のいる志保にとって、そこまでは自分の計画どおりだった。

だが、志保が就職した建設会社は、友人の会社のように女性が働きやすい職場ではなかった。育児休暇をとった女性も過去にはおらず、志保は産休中に子供の預け先を探したが、認可保育所はもとより、認可外保育所も自宅に近い場所には見つからなかった。職場復帰を果たせる見込みがなかったこともあったが、どうしても復帰したいほどの魅力的な職場でもなかったので、志保は仕事を辞める決断をした。子育てを優先させる形になったのだが……。

その決断をするときに、いちおう夫婦で話し合いはした。夫婦ともに正社員ではあったが、浩の勤務先も大手というわけではなく、収入はほぼ互角だった。一方の収入がまったくなくなるのは家計には痛い。

「とりあえず、二歳くらいまでは、子育て中心に頼むよ。そのあと、再就職すればいいさ。就職活動のときなんかは、千夏をおふくろに預ければいい。そんなに遠くに住んでいるわけじゃないんだから」

夫にそんな言葉をかけられて、そうよね、やっぱり、どちらかが辞めるとしたら、妻で母親であるわたしのほうよね、と自分を納得させたのだった。

しかし、いろんな媒体で再就職口の情報を得て、履歴書を送ったり、夫に言われたように子供を義母に預けて面接に行き、快い返事をもらえずに落ち込んだりしているうちに、二年間などあっというまに過ぎてしまった。

「焦ることはないさ。千夏が幼稚園に入ったら、少し時間に余裕ができるだろう？　そしたら、パートでも探せよ。やっぱり、少しでも家計が潤うとこっちも助かるからさ」

夫の慰め方も志保の神経を逆撫でした。働くなら正社員で、会社の戦力として働きたい。夫と対等でいたい。そういう自分の信念に反する。

「事故」のあったあの日は、焦燥感や屈辱で胸が満ちあふれていた日だったのかもしれない。

――早く仕事を探さないと。後れをとってしまう。

誰に対して焦っていたのだろう。夫だけでなく、仕事と子育てを両立させているように見える自分以外のすべての女性に対してだったのかもしれない。

ハッと気がつくと、左手から小さなぬくもりが消えていた。

「千夏ちゃん？」

子供の名を呼んだのと、男女のいくつかの悲鳴が上がったのが同時だった。続いて、「女の子」「落ちた」という言葉が断片的に耳に入ってきた。

先頭で電車待ちをしていたわけではなかったのだ。ホームの端までは距離があった。それなのに、気がついたら千夏はホームから線路に落ちていたのだった。あとで千夏に説明を求めたが、いかんせん三歳にならない子である、要領を得なかった。したがって、落ちるまでのいきさつはいまだに不明だ。とにかく、

――わが子がホームから線路に転落した。電車が滑り込んでくる前に、どこの誰かわか

らぬ男性が飛び降りて、わが子を抱きかかえてホームに助け上げてくれた。

という一連の救出劇がまばたきをするまに行われたのだった。

まるで悪夢を見ているかのようだった。悪夢から覚めたと思った瞬間、男性は消えていた。志保が憶えているのは、細身の体型と黒っぽい服装と男性がつけていた白いマスクだけだ。ほかの目撃者の記憶も似たようなものだった。が、身長は百七十センチくらいで、身のこなしから二十代の若い青年ではないか、と言った者もいた。

線路に転落したことよりも大騒ぎになったことに驚いて泣き出した千夏を、泣きやむまで駅員に案内された部屋で休ませたのち――幸い、かすり傷程度で、大きな怪我はなかった――、母親としてのいたらなさを駅員に詫び、自分の名前と連絡先を伝え、「あの男の人は娘の命の恩人です。名乗り出て来たら連絡ください」と言い置いて、その場を立ち去った。劇的な救出劇で、目撃者も多数いた。当然、マスコミがニュースやワイドショーで取り上げた。顔こそ出さなかったが、志保も取材に応じ、自分の声で「お礼がしたいので、名乗り出てください」と、カメラに向かって呼びかけた。

後日、現場の状況から男性が身体の一部に怪我を負っている可能性が高いと知らされてからは、その気持ちがなおさら高まった。怪我をしているのなら、治療費を負担しなければいけない。

しかし、命の恩人は現れなかった。そして、今日に至るまで現れずにいる。

「母親の君がそばにいて目を離すなんて」

と、もちろん、夫にはひどく叱られた。けれども、「千夏はまだ三歳にもなっていないんだ。怖い思いをした記憶も次第に薄れて、そのうち忘れてしまうだろう。千夏のためにはそのほうがいいだろう。千夏の前ではこのことを口にしないようにしよう」という配慮もしてくれた。

事故を知った義母が駆けつけて来るというときには、さすがに厳しい叱責を受ける覚悟を決めた。

ところが、敏子は志保に会うなり、「危険な目に遭っても、絶対に千夏は助かる。わたしには、わかっていたのよ」と言い、微笑んでさえみせた。

当惑していた志保に、敏子はこう言葉を紡いだ。

「日々、正しい道を踏みはずさないように心がけて、人の道の教えを忠実に守りながら、謙虚に誠実に生きていれば、必ず報われる。そういう教えですもの」

敏子は、千夏が救出されたことも自分の日頃の心がけの賜物だと主張するのである。そればかりか、「千夏を助けてくれた男の人、名乗り出ないんでしょう？　どうしてか、わかる？　わたしにはわかる。彼もきっと、うちの会の会員なのよ。間違いない。そのはずよ。だから、危険を顧みずに人を助けたのに、見返りを求めたくなくて、名乗り出て来ないんだわ」と、自信たっぷりの口調で決めつけたのである。

「そんなこと、わからないじゃないですか」

志保は控えめに反論したものの、いいえ、そのはずよ、と敏子は譲らない。

「あの場に浩さんが一緒にいたら、浩さんはどうしたと思います?」

嫁の志保には盛んに入会を勧めて、自分の息子は誘わない。義母の矛盾した姿勢を疑問に思っていた志保がそんな質問を向けると、

「あら、あの子は臆病だから、線路には飛び降りないでしょう」

と、敏子は屈託なく答えると、「昔からあの子はそういう性格だから。でも、あの子の場合はいいのよ。まわりに守られる得な星回りで、そういう運命にある子なの。だから、まわりがしっかりしないとね。母親のわたしや妻である志保さん、あなたが」などと、わけのわからない理屈をつけて、妻の志保に矛先を戻した。

——千夏を助けてくれたあの男の人は、絶対に「人の道実践会」の会員なんかじゃない。

志保は、それを証明したくて、幻の恩人探しをしたいのかもしれない。「二年前に娘を助けてくれた男性へ」と呼びかける手紙を、新聞社に匿名で投稿しようとも考えた。二年のあいだに、その男性の周辺にいる誰かが男性の当時の行いに気づいた可能性もあるからだ。

　しかし、その話をちらっと浩にしたら、猛烈に反対された。

「それって、千夏のためになると思うか？　それこそ、寝た子を起こすことになるじゃな

いか。せっかく、引っ越しもして新しい環境になって、まわりの誰もあの転落事故のことを知らないっていうのにさ。千夏だって、二年前のことは口にはしない。あの話をしたら、千夏の中で思い出がうっすらとよみがえるかもしれないけど、おかしな具合に記憶がねじれて、ひどく怖い思い出となって頭に刻まれるかもしれないぞ」

浩の脅しに近い言葉に、そうね、と志保もうなずいた。

けれども、何もせずにいるということは、義母の思い込み——命の恩人は「人の道実践会」の会員——を認めることにつながる。それが、志保は悔しくてたまらないのである。

——どうせなら、人の道からうんとはずれた男だったら面白いのに。

たとえば、あの男は指名手配中の殺人犯で、逃亡中にふと気まぐれを起こして、線路に落ちた幼女を救う気になったとか……。そうやって、義母の理想とするところからかけ離れた男性像を想像すればするほど、義母に復讐している気分になり、胸がすく思いがするのである。

「真壁さんは、どうですか？　子育てについて、どんな悩みをお持ちですか？」

不意に話を振られて、志保はわれに返った。グループの会員たちの視線が自分に集まっている。

「あ、ああ、そうですね」

急いで頭の中で考えをまとめる。

「やっぱり、交友関係でしょうか。いま通っている幼稚園でもいくつかグループができているみたいで……」

あたりさわりのない悩みを口にしながら、志保の脳裏には、「ひどく魅力的な殺人犯の男の顔」が浮かんでいた。

2

お姉ちゃん、お元気ですか？　紀美子です。

おかしな書き出しですよね。お姉ちゃんはもう死んでいるのだから。でも、そちらの世界では元気に過ごしていますか？　という意味に受け取ってくださいね。

わたしは、毎日元気にやっています。そちらの世界からわたしの様子、わかるのかしら。

最近、不思議なできごとがあり、その影響で死後の世界について書かれた本を何冊か読んでいるのです。だけど、文学者や科学者、哲学者や宗教家といった著名人の中には、「死後の世界なんて存在しない。意識がなくなればすべて無と化す」と主張する人たちもいて、わたしはいまだに死後の世界が信じられずにいるのです。

夜眠りについて、朝目覚めるまでに、何度か夢を見ますよね。でも、夢を見ていないあいだはどうしているのか……。そのあいだの記憶はないのだから、それは意識のない状態で、「無」になっているということ。だとしたら、夢を見ない睡眠の状態が、すなわち「死後」ということになるのかしら。意識のない、記憶のない状態が永遠に続くのが「死後」？

どんなに考えても、「死後の世界」がどんなものか、わたしには想像できません。

意識がないとすれば、この手紙もお姉ちゃんが読めるはずないですよね。

いいえ、違う。お姉ちゃんに届くと信じて、わたしは手紙を書いています。

だって、不思議なできごとが起きたのは事実なのだから。

わたしはいま、お姉ちゃんの忘れ形見の友也と暮らしています。なぜ、彼と二人で暮らすことになったのか。順番に説明していかないとお姉ちゃんにはわからないかしら。

残酷な現実を知らせたくはなかったのだけど、お姉ちゃんが病気で亡くなったのちに、克也さんも殉職という形で亡くなったのです。それで、一人遺された友也をわたしたちが引き取ることになって……と、説明しなくても天国からすべてお見通しなのかしら。

だとしたら、その後、いろいろあって、友也がドイツ留学を経て、帰国後ピアニストとして活躍していた日々も、活動をやめざるを得なくなったいきさつも、すべてお見通し……という前提でお話ししますね。

お父さんとお母さんもそちらに旅立ち、いまはここで友也と二人の暮らしになったわけです。そう、叔母と甥の二人だけに。

「喫茶ポスト」を引き継いだとき、自分のお店だから、と意気込んでいたのは否定しません。何か特徴を出したい気持ちもあって、あの郵便ポストを物置から引っぱり出して来ました。おじいちゃんが郵便局長をしていた、ダムに沈んだ村にあった色褪せた郵便ポストです。きれいに赤いペンキを塗って、お守りがわりに店に置いていました。

そのポストが不思議な力を持っていたのか、それとも、怪我を負った友也の右手に不思議な力が宿ったのか……。

——店に置かれた赤い郵便ポストに「この世では会えない人」にあてて手紙を投函すると、それが霊界に通じて、受け取った霊界の相手から返事がくる。

とにもかくにも、そんな不可思議な現象が起きたのですよ。

もしかしたら、そのポストは、この世からあの世へと通じるトンネルのような役割を果たしていて、友也は返信の「選ばれた配達人」ではないか……なんてわたしは思うのです。

友也は右手を怪我したことで、ピアニストとしての活動を現在はやめています。だけど、ピアノに向ける情熱はあるはずです。子供たちへの指導を続けているし、作曲活動も行っているようだし。

克也さんがそうであったように、友也もまた、多大なる勇気を持って人を救い、それによって右手にピアニスト生命にかかわるほどの怪我を負ったのです。いわば、名誉の負傷ですね。そのことに神様が心を痛めると同時にいたく感動して、ご褒美にとあの子に特別な才能を授けてくださったのかもしれません。

　そう考えると、何だかわたし自身が救われる気がするのです。あの子の身に降りかかったすべての不幸――両親の死と右手の怪我――が帳消しになるように思えるのです。

　お姉ちゃんは、空からわたしたちを見下ろして、何を感じていますか？

　友也の将来について、どう考えますか？

　ピアニストとして復活してほしい、と望んでいますか？

　わたしと友也は、本当の親子になったほうがいいと思いますか？

　それとも、このままの関係でいい、叔母と甥のままで、ほどよい距離を保ってつき合っていったほうがいい、そう思いますか？

　お姉ちゃんがいまの友也に一番伝えたいことは、何ですか？

第二部

1

鏡の中の自分をじっくり見る機会など、五十代も半ばになればさほど多くはない。朝起きて顔を洗うときと、見苦しくない程度に化粧をするときと、そして、就寝前に化粧を落とすときくらいだ。

——わたしも老けたものね。

真正面に据えられた鏡の中の自分を見て、吉村紀美子は自嘲ぎみに思った。首から下をすっぽりと黒い布で覆われ、よけいな装飾がないせいで、顔の造作だけが際立って見えるのかもしれない。この何年かでほうれい線が確実に深く刻まれた。

「紀美ちゃん、ニヤニヤしちゃって、何かいいことでもあったの？」

自虐的な笑みがニヤニヤ笑いに見えたらしい。ドライヤーを手にした美容師の林佐和子が鏡の中の紀美子をからかった。

「髪の毛は若返っても、顔はどうにもならない。そういう諦めの笑いよ」

月に一度、定休日に店の隣の「美容室スター」で、落ち着いたダークブラウンに髪を染めてもらっている。

「あら、紀美ちゃんはまだまだ若いわよ」

同世代の佐和子が即座に返してきた。お世辞でないのは、紀美子にはわかっている。佐和子は、昔から自分の大人っぽい顔立ちを気にしていて、「最近、ようやく年齢が顔に追いついてきた」と言っている。「わたしに比べて、紀美ちゃんは童顔でいいよね」と、何度羨望の言葉を浴びせられたことか。

紀美子と佐和子は、幼なじみの仲だった。ともに家業を継いだという点が共通している。同じ小中学校に通い、その当時の呼び名、「紀美ちゃん」「佐和ちゃん」が年齢を超えて定着してしまっている。

だが、紀美子が独身を通したのに対して、佐和子は美容師の夫と結婚し、いまは二人仲よく店を営んでいる。二人のあいだに生まれた息子と娘も美容師になった。娘は店で一緒に働いているが、息子のほうは南青山の有名美容室に「修業」に出ているという話だ。美容師だった母親は十年前に亡くなり、「髪結いの亭主」と呼ばれていた元公務員の父親は九十歳近くになった現在、埼玉県内の老人介護施設に入っている。

「それに、紀美ちゃん、最近、何だかきれいになったって評判よ。誰かいい人でもできた？」

と、さらに佐和子はからかう。

「できるわけないでしょう？　できたら、佐和ちゃんがすぐに気づくはずじゃない。隣に住んでいるんだから」

「それもそうね」

佐和子はハハハと笑って、「じゃあ、やっぱり、あれか。友也君が手伝うようになって活気づいたのね」と続ける。

「それは、一人増えたから賑やかになったわけだけど」

「友也君が戻ってくれて、お客さんが増えたんじゃないの？」

ドライヤーの音に声がかき消されないように、佐和子は「ねっ、そうでしょう？」と声を張り上げる。

「まあね」

そこは認めておいて、紀美子はため息をついた。そして、週刊誌に目を落とすと、しばらく読書に専念したいという意思表示をした。佐和子もドライヤーでセット中はおしゃべりを控える。

友也のおかげで客が増えた、というのは事実だった。片岡絵真の一件以来、口コミの力というのは恐ろしいもので、

——都内の某喫茶店に設置された赤い郵便ポストに、死んだ人にあてた手紙を投函(とうかん)すれば、霊界の相手から返事がくる。

というううわさが急速に巷(ちまた)に広まり、サブカルチャーにくわしい評論家がその現象についてインターネット上で解説するまでになったのだった。

インターネットに最初に書き込まれたうわさというのは、以下のとおりである。

——一人の女子高校生が亡くなった父親にあてて手紙を書いた。その父親は、生前、長らく単身赴任をしており、クリスマスに自宅に帰るのに合わせて、女子高校生を含む二人の娘にプレゼントを用意していた。だが、クリスマス前に父親は急逝してしまった。父親の死後、しばらくしてから女子高校生は、母親と中学生の妹と三人で、赴任先の部屋の整理をした。生前、父親は「部屋にプレゼントを用意してある」と言ったのである。けれども、いくら探しても見つからない。彼女たちは探すのを諦めて、管理会社に部屋を明け渡した。持ち帰った父親の荷物はそう多くはなかった。「霊界ポスト」のうわさを聞きつけた女子高校生は、早速その店へ行き、「プレゼントが見つからなかった。どこに隠してあるの?」と天国の父親へ手紙を書いて、店内の赤い郵便ポストに投函した。すると、ひと月ほどたって自宅に差出人の名前のない手紙が届いた。中を見ると、一冊の本の題名が書いてあり、「その本を探してごらん」とある。その書名の本は、確かに父親の遺品の中にあった。その本を棚から抜き出して調べると、一枚の絵はがきが挟まれてある。表に二人の娘の名前が書いてあり、裏返すと、自宅の庭で毎年花を咲かせていた、娘たちが好きだった紫陽花（あじさい）が色彩鮮やかに描かれていて、絵の横には、「クリスマスにも紫陽花を」と、墨字のメッセージが入っていた。すなわち、父親から娘たちへのクリスマスプレゼントというのは、一枚の絵手紙だったのである。のちに、亡くなった父親は、赴任先で知り合った年配の女性から絵手紙を習っていたことが判明した……。霊界からの返事に驚いた女子高校生は、当の喫茶店に行って事実確認をしたが、店側は「そんな手紙は知らない。出した憶（おぼ）えはない」と言う。そういえば、封筒には切手も貼（は）られていなければ、消印もなかった。そして、あて名の筆跡も手紙の筆跡も筆圧は弱かったものの、生前の父親のそれに酷似していた……。

その種のぼんやりしたうわさは、タウン誌に取材される前から流れてはいたものの、「霊界から返事が届いた」という具体例がインターネットに書き込まれたことにより、真実味を帯びて、流布していたうわさが証明された形になったのだった。

「オタク評論家」とも称される男性評論家は、霊界ポストに投函すれば霊界から返事がくる、といううわさを「都市伝説みたいなもの」と分析していたが、読んだかぎりでは紀美子もまったく同じように思った。〈そういう喫茶店があればいいいな〉という人々の願望が生み出した幻想、というふうに受け取れたのだ。

だから、店に来る客に「あれって、この店のことですよね。うわさは本当ですか？」と聞かれたり、週刊誌やテレビ局などから問い合わせがあったりするたびに、「さあ、どうなんでしょう」とはぐらかして答えている。

ある程度の推測はできた。

おそらく、片岡絵真は、「秘密は必ず守りますから。絶対に他言はしません」という約束は守ってくれたのだろう。だから、広まったうわさには、友也の特殊能力を匂わせるような箇所が少しも含まれていないのだ。

けれども、自分が体験した不可思議な現象には執着していて、その魅力的な体験を誰かに話さずにはいられなかったに違いない。話した相手は信頼できる友達だったかもしれないが、その友達もまた聞いた話をそっくりそのままではなく、脚色を加えるなりして形を変えて広めれば、関係者に迷惑は及ばないだろう、と考えた可能性はある。

あるいは、人の口から口へと伝わるうちに、うわさに尾ひれがついて内容が変わっていってしまったのかもしれない。それでも、原型――核の部分は残る。その核が「隠し場所」であり、「絵手紙」であり、「紫陽花」であり、「手紙の筆跡」であるのだろう。

何がどういう形で広まったか判然としないにせよ、平日の昼間は主婦層や中高年層、夜は会社員や学生、土日は女子中高生と、「喫茶ポスト」を訪れる客数は増え、客層も幅広くなった。一人で来て、カウンターで文庫本を読みながら、ワインやビールを静かに飲む女性もいれば、コーヒーを頼むなり、すぐにバッグから手紙を取り出す、明らかに手紙の投函だけが目的だとわかる客もいる。一時的なブームかもしれないが、紀美子が引き継いでから近隣の常連客や学生が中心だった店に、以前の「定食屋」時代のような、いや、それ以上の賑わいや華やぎが訪れたのは事実なのである。

そして、店に足を踏み入れた客が例外なく驚くのは、壁際に置かれたピアノに対してだった。そこに、コーヒーをいれるのがうまい目鼻立ちの整った若い男性店員がいるとなれば、客の目を惹くのは必至である。客が増して、口コミの力も増せば、「ピアニスト牧野友也」を知る人間が現れても不思議ではない。

その友也もまた、各種の問い合わせに対して、紀美子と同様にはぐらかす作戦に出ているため、「ミステリアスなイケメン店員」として人気を集めているのである。たとえば、「ピアニストの牧野友也さんですよね?」と聞かれて、肯定せずに、「トモです」と店内用の名前で答えて煙にまいたり、「いまは演奏活動をやめているんですか?」という質問には、「近所の子供たちにピアノを教えています」という直接的ではない少しずれた答えを用意したりして、相手の反応を楽しむ余裕を見せている。

いずれにせよ、友也が客寄せパンダになっているのは間違いなく、自らの過去が暴かれないかぎり、彼はその状況を快く受け入れているような感じなのである。

「いまはレッスン中?」

セットし終えてケープをはずすと、佐和子は鏡越しに聞いた。隣同士とはいえ、建物のコンクリート壁が厚いので、ピアノの音は外に漏れにくい。

「子供の部は終わって、いまは出張レッスン中」

「出張レッスン？」

「自宅のピアノで教えてほしい。そういうご婦人がいるのよ。はじめは気が乗らなかったみたいだったけど、外国製の高価なグランドピアノだと知って、友也も教える気になってね」

眉をひそめた佐和子に、紀美子は説明した。出張レッスン先は、阿佐谷に広い敷地を持つ老夫婦の家である。

「ねえ、その友也君のことだけど」

会計を終えて、ドアまで見送るときに、佐和子が声を落とした。「演奏活動をやめたのには理由があるんでしょう？　何か精神的なもの？」

「さあ、どうなのかしら。わたしにもよくわからないのよ」

と、紀美子はあいまいに答えておいた。

「そう」

あっさりと佐和子は引き下がり、それ以上詮索してこない。同世代の子供を持つ佐和子は、友也のことが気になるらしい。小学校時代から隣に住んでいた友也である。友也も高校生までこの美容室に通っていた。佐和子の娘が中学時代、不登校になった時期があり、佐和子が苦悩していた姿を紀美子は憶えている。それだけに、他人の子――いや、他人の甥の心理も気になるのだろう。

「それじゃ、あのうわさは？　霊界ポストから返事がくる、っていううわさは本当なの？　もしかして、その返事って友也君が書いたんじゃないの？」

さらに声を落として、佐和子は聞いてくる。佐和子は、やけに敏感なところがある、と紀美子が警戒している人間の一人だった。人の髪の毛に触れていると、指先で心の中が読めるようになるのだろうか、と訝ったこともある。

「あの何の変哲もない赤いポストが霊界に通じるポストだって、佐和ちゃん、信じられる？」

笑顔で問い返すと、「そうよね。そんなはずないよね」と、佐和子も笑ってかぶりを振った。

胸を撫で下ろして自分の店に戻った紀美子だったが、一人になるなり、大きなため息をついた。最近では、紀美子自身、霊界ポストが信じられなくなっているのである。

――あれは、やっぱり、友也が言ったとおり、たまたまで、まぐれだったのかもしれない。

あれから、一度も友也の身体に霊が降りる兆しはないのだ。作曲活動も始めた友也は、三階の自室に作曲や編曲用の楽器や機材を置いているが、たまに深夜に一階に降りてピアノを弾くこともある。だが、あれ以来、彼の身体にあのときのような不思議な現象は起きない。

——本当に、一生でたった一度だけ、神様が何かの気まぐれで、友也にあんな能力を授けてくれたのかもしれない。

紀美子は、そんなふうに得心している。

——片岡絵真の手紙にだけ友也が反応したのは、彼女に対して特別な思い入れがあったからなのかしら。

そういう推理が紀美子の中にわき起こってもいる。何かしらの特別なつながりがある相手が書いた手紙になら、霊界から友也を通じて返信がくるのであれば、自分にもその資格はある。

紀美子は、一週間ほど前に姉にあてて書いた手紙を二階に取りに行き、階下に戻ると、郵便ポストの前に立った。投函口に手を伸ばす。自分にもチャンスがあるのであれば、霊界の死んだ姉から返事がほしい。

そのとき、表で自転車が停まる音がした。友也が出張レッスンから戻ったらしい。とっさに、紀美子は封筒を持った手を引っ込めた。

2

「あれ？　髪型変えた？」

店に入るなり、友也が紀美子の頭に目をやる。

「白髪を染めただけよ」

「カットもしたでしょう？」

「ああ、うん。いつもより短めに、軽くしてもらったの」

加齢とともに髪型も少しずつ変えたほうがいい、変化を伴ったほうが若々しく見えるから、という情報を小耳に挟んだので、それに従ったのだ。

「いいよ。そのほうが似合ってる」

友也は、グーの形に拳(こぶし)を握って突き上げた。息子に言われたら照れくさいはずの言葉も、叔母(おば)と甥という ほどよい距離のせいか、「ありがとう」と素直に返せる。

「どうだったの？」

三階へ直行せずに、ピアノの前のテーブルに着いた友也に、紀美子は聞いた。初回の出張レッスンの感想を待っていたのだ。

「レッスンというより、リクエストされた曲を弾いてあげた、って形かな」

友也は、やれやれというふうに首を振りながら答える。

「生徒は、七十代のご婦人だとか」

もう結婚しないものと諦めていた娘が外国に嫁ぎ、実家に残されたグランドピアノの処分に頭を悩ませた結果、年寄りの手習いでピアノを習おう、と思い立ったという女性が初の大人の生徒だと聞いている。

「外国に嫁いだ娘というのは、三歳からピアノを習っていて、母親は娘にピアニストになってほしかったらしい。家にいたとき、娘がよく弾いていたというショパンやドビュッシーが好きで、生演奏を聴きたかったんだろうね」

「じゃあ、指導はしなかったの？」

「したことはしたよ」

と言って、友也は首をすくめた。「ピアノの前に座らせて、ドレミの音階の練習」

「七十を過ぎても新しいことを始めようとする、その心意気がすてきじゃないの」

「毎週、この時間に弾きに来てね、と言われたよ」

軽く苦笑したあと、「で、これも渡されたよ」と、友也は口元を歪（ゆが）めた。上着のポケットから取り出したのは、封書だった。

「店のポストに投函して、って頼まれたの？」

「まあね」

はい、と友也は封書をテーブルに投げ置いた。

「頼まれたのなら、投函しておかないとね」

封書を受け取り、表と裏をあらためる。表には「天国の徳田絹子様へ」と女性名のあて名が書かれてあり、裏には今日友也のレッスンを受けたであろう女性の住所と名前が書かれている。封筒には桜のシールが貼ってあるだけで、糊づけされているわけではない。

「徳田絹子さんって誰かしら」

「ああ、それは、去年の暮れに病気で亡くなった彼女の友達だとか。高校時代からの親友で、毎年同窓会で会うのを楽しみにしていたのに、もう会えないと思うと寂しい。同窓会を開いたばかりだから、その報告を天国の彼女にもしたいんだってさ」

手紙を読む必要がないくらいの情報を得てきたのだろう、友也はすらすらと答えると、紀美子の手から手紙を取り返して、さっさとポストに投函してしまった。

死者と現世をつなぐ、いわゆる「霊界トンネル」を通らなければ返事がこないとすれば、投函せざるを得ない。友也のおざなりなそのしぐさを見た紀美子は、「お茶にしようか」と、カウンターの中に入った。紅茶をいれ、久しぶりに焼いたスコーンを添えて、テーブルに持って行く。今日のスコーンにはレーズンをたっぷり使ってシナモンをまぶしている。

「あれから、降りてこないの？」

そして、友也の前に座ると、おもむろに問うた。天から啓示が、を省略したのだ。

まったく、と答えたつもりなのか、友也は両手をお手上げの状態にして、首をすくめた。

「本当なのね?」

「何でぼくがうそをつかなくちゃいけないの?」

友也は、天井に向けた両てのひらをさらに高く掲げたあと、怒気をはらんだ声でたたみかけてきた。「ここで育ったんだから、ここに愛着はある。使命感とか責任感は持っているつもりだよ。せっかく、この西けやき商店街に人が集まるようになったんだから、隣の美容室にもお茶屋さんにも客が流れてほしい。だから、ポストにたまった手紙をせっせと読んでいる。死んだ人から返事がきて、それを読んで喜ぶ人がいれば、役に立ててこんなに嬉しいことはない。本気でそう思ってるよ。ぼくだって、待ってるんだ。だけど、何も起こらない。こういうのは、努力してもだめなんだ。あっちの、つまり、天上にいる誰かさんの気まぐれを待つしかないんだよ」

「やっぱり、あれは、神様の気まぐれで、一生に一度の不思議な体験だったってこと?」

「その可能性もありだね」

うん、と大きくうなずいて、友也は言った。「前にも言ったように、こういう能力は一度で使い切ってしまったほうがいいんだよ」

「それでね、友也。わたしはこんなふうに推理してみたの」

ふて腐れたような横顔を向けている甥に、紀美子は言った。「手紙を書いた人とあなたとのあいだに、何かしらの交流というか、心の結びつきがあるのが返信の絶対条件じゃないか、ってね」

心の結びつき、という言葉に反応したらしく、友也が視線をこちらに戻す。

「だから、試してみたらどうかしら。たとえば、わたしが天国のあなたのお母さんに手紙を書いて、それをポストに投函するの。親族なら結びつきは強いわけだし、返事がくる可能性は高いかもしれない」

「死んだ人から返事なんかほしくないね」

友也は、ぶっきらぼうに言い放つ。

母親の思い出に浸って感傷的になるのが嫌なのだろうか、と思ったが、もしかしたら、絵真とのあいだに心の交流がある、と指摘されたのが図星すぎて気恥ずかしいのかもしれない。それで不機嫌になっているのだろう。紀美子はそう察して、「わたしも天国のお姉ちゃんにいまさら書くこともないけどね」と、彼の斜めになった機嫌を立て直しにかかった。

しかし、さっき示した絶対条件に、推理能力抜群の友也が思い至らなかったはずはない、とも思った。おそらく、なぜ絵真の足がここに向かないのかに関しても、その理由を正確に導き出しているに違いない。

「絵真さん、友也の怪我(けが)のことを知って驚いていたわね。線路に落ちた女の子を救出したと知って、感心したんじゃない？」

　それでも、絵真の話題は続けてほしそうな表情に見えたので、水を向けてみた。

「ばかな男だと思ったんじゃないか？」

　自虐的に受けて、友也は苦笑する。

「そんなふうに思うわけないでしょう」

「もうこの話はよそう」

　友也は、スコーンにかぶりついた。

　そんな甥の姿を見つめながら、紀美子は衝撃的な告白を聞いたときの絵真の様子を思い起こした。

　あの日、友也がドビュッシーの「亜麻色の髪の乙女」を弾き始めると、曲名どおりの栗色に染めたロングヘアの絵真は、その澄みきった音色に聴き惚れているように見えた。弾き終えた友也は、余韻を味わう時間を与えてから、くるりと絵真へ向き直った。そして、ピアニストとしての本格的な活動をやめるに至った経緯を、包み隠さず彼女に話したのだった。

「そのことは……」

　言葉を切った絵真の心中が読み取れたので、「この子とわたししか知りません」と、紀美子は言った。

しばらく沈黙が続いたのち、友也に視線を移すと、彼の表情が和らいで見えたので、話してもいいという了解を得たと解釈して、紀美子はこう話の穂を継いだ。

「この子の勇敢さは亡くなった父親譲りのものかもしれません。友也の父親は、刑事だったんですよ。捜査中に殉職したんです」

「そうなんですか」

絵真の顔に驚きの色が広がった。

「いや、ぼくの場合は、勇敢さじゃなくて無謀さですよ」

その場の緊張感をほぐすように、友也が笑って言うと、

「いいえ。勇気です」

と、毅然として絵真は首を振った。そして、「このこと、絶対に誰にも話しません。秘密は必ず守りますから」と最後にもう一度そう強調して、「約束します」と言い添えたのだった。

「絵真さんっていい子よね。とてもすてきなお嬢さんだと思うわ。きれいで、知的で、行動的だし、主張すべきことははっきり主張するし……」

もっと長所を挙げるべきか、頭の中でさらなる褒め言葉を探していると、

「何が言いたいの？」

と、口をもぐもぐさせながら、友也が聞いてきた。

「あの子のこと、嫌いじゃないでしょう？」

「まあね」

「じゃあ、好き？」

「天の啓示のことで、彼女との出会いに運命的なものを感じている。そう思われたら、心外だね」

肝心の質問にはストレートに答えずに、友也はそんなふうに切り返した。

「絵真さんのほうは、運命的な出会いと思っているかもしれないわよ」

自分の本心に素直に向き合わせるべく、紀美子も言い返す。

「運命的であってもなくても、結びつきが強くても弱くても、ぼくはひたすら投函された手紙を読むだけですよ。それが現在のぼくの使命ですから」

と、友也はおどけた挙措ながらも、内容はまじめそのものの言葉を返してきた。

「そう。やる気になっているんだったら」

じゃあ、と続けて、紀美子は立ち上がった。ちょうど友也もおやつを食べ終わったところだ。カウンター内に戻り、籐製のかごを持つと、テーブルに置いた。かごの中に手紙の束が入っている。八十通あまりあるだろう。

「繰り返し読んだら、天から何かが降りてくるかもしれないわよ」

「二度ずつ読んだよ」

友也は、大きなため息をついた。

つられて、紀美子もそれに負けないくらいのため息をついた。

ため息をつく理由があった。

――霊界ポストに手紙を投函すれば、霊界の相手から返事がくる。

そういううわさが広まって、「喫茶ポスト」が繁盛するようになったのは喜ばしいことなのだが、中には「必ず返事がくる」と思い込み、来店するたびに「わたしの手紙にはまだ返事がきませんけど、どうなってますか?」と詰め寄る客まで現れた。うわさをファンタジーの一種ととらえ、返事がきてもこなくてもそういうものだと受け流して楽しむ人が大半の中、ファンタジーととらえられない深刻な苦悩を抱えている人もいるというわけだ。「霊媒師に依頼して返事を書いてもらっているんでしょう? だったら、一通一通にきちんと返事をください」と、会計のときに文句らしき言葉をぶつけてきた客もいた。もちろん、「そんな依頼はしておりません」ときっぱり否定したが。あるいは、「お金を払いますから、霊媒師の方にお願いしてくれませんか?」と、手を合わせて、こちらを拝むように頼んでくる客もいる。相手の切実さはわかるから、そういうときは、「そちらで霊媒師の方を探してください」と、ていねいに断ることにしている。

もう一つ、紀美子を憂鬱にさせていることがあった。

手紙の管理である。

——あて先は死んだ人あてで、返事は差出人の住所にくる。

そういう情報がファンタジーとしてのうわさを楽しむ人たちに伝わって、誰が指定したわけでもないのに、手紙を書くときの書式というかフォーマットを含めたルールまで自然と決まってしまったようなのだ。

——手紙は封書かはがきで。封書の場合は糊づけの必要はないが、不安ならばシールを貼ってもよし。あて先は「天国の○○さんへ」でも「霊界の○○さんへ」でも、単純に名前だけでもよし。自分の住所氏名は正確に記すべし。返事がくる場合は一か月後の可能性が大なので、日付も記すべし。

友也がインターネットで見つけた書き込みにそうあって、紀美子は驚いた。

手紙やはがきに書かれた住所氏名は、すべて個人情報である。「喫茶ポスト」のスタッフである紀美子と友也は、暗黙の了解を得て私信を読んでいるわけで、他人の個人情報や秘密を握っているに等しい。それらを外部に漏らすわけにはいかないし、書いた本人以外の誰にも見せるわけにはいかない。

郵便ポストそのものには鍵がかかるから、ポストを丸ごと盗まれないかぎり、手紙の保管場所としては安全である。しかし、日々複数の手紙が投函されるのだから、定期的に取り出さないとたまる一方だ。毎日取り出して、日付ごとに分類する必要もある。ポストから取り出した手紙の安全な保管場所も必要になってくる。

とりあえず、投函された手紙は日付順に分けて、二階と三階のそれぞれの個室に保管しているが、ここひと月のものに関してはすぐに取り出せる場所に置いている。

「一か月で八十通。このペースで投函されたら、一年でどのくらいになるかしら」

他人の秘密を預かるのも気が重いものなのだ、と紀美子がふたたび深いため息をつくと、

「端から処分していくほかないだろうね」

と、友也は、紀美子の懸念を吹き飛ばすような軽い口調で言った。「どうせ、客はゲーム感覚で手紙を投函しているんだから。そうすることで少しでも気分が安らぐのだったら、それはそれでぼくたちがやっていることにも意味があるんじゃないかな。所詮(しょせん)、ボランティアだと思ってさ」

「そうね。風変わりな心理療法みたいなものと思えば、少しは気がらくになるかしら」

そんなふうにまとめて、紀美子は自分を納得させようとしたが、どうにも心が重たくなる一通が気になり、手紙の束の中からそれを取り出した。

「それは、ぼくも気になってた」

差出人の名前を見るなり、友也もすぐに反応して、少し落とした声で言葉を続けた。

「殺人事件の被害者にあてた手紙だよね」

紀美子は、ええ、とうなずくと、改めて差出人の名前を見た。

本郷敦子(ほんごうあつこ)。

封筒の表のあて名は、「手塚優子様」となっている。

封筒の中に入っているのは、便箋一枚きりだ。それを引き出すと、紀美子は感情をこめて読み上げた。

「優子、誰に殺されたのですか？　警察はまだ犯人にたどりつけないのです。悔しいです。天国から犯人を、いえ、少なくとも、手がかりになるようなことを教えてください」

「無駄のない簡潔な文章だね」

聞き終えた友也が言い、だけど、と肩をすくめた。「肝心の殺人事件について詳細が書かれていない。そっちで調べて、ってことかな」

「そこまでする必要あるかしら。うちは探偵事務所じゃないんだし」

言いながら、紀美子は、少し軽くなった心にふたたび鉛を沈められたように感じた。

「手紙からわかるのは、二人とも子のつく名前だから、ある程度年齢のいった女性ってことかな。ボールペンの字も大人びていてきれいだし。去年、生まれた女の子の名前ベストテンに久々に子のつく名前が登場して、『子が復活か』って騒がれたけど、それは『梨子』のようなしゃれた二音の名前だよ。ここ二十年くらい子のつく名前は古くさいと言われて敬遠されてきた。ああ、紀美さんもそうだから気分がよくないかもしれないけどね。次に、敦子と優子の関係だけど、友人かもしれないし、姉妹かもしれない。つまり、他人同士かもしれないし、血縁関係にある者同士かもしれないって意味だよ。殺された本人に手紙を書くくらいだから、よほど親密な関係なんだろう。姉妹だとしたら、名字が違うから、結婚によって姓が変わった可能性も考えられる。もっとも、離婚しても姓を戻さない女性もいるし、どちらかが独身で旧姓のままって可能性もあるし、もっといえば、同居していても籍は入れてなくて、それで……」

「そういう可能性についてはどうでもいいわよ」

推理好きな友也の果てしなく広がる想像力にブレーキをかけて、紀美子は、その手紙だけより分けた。殺された人間にあてた手紙が霊界ポストに投函されたのは、これがはじめてだ。

友也は、ピアノを見つめながら、右手を顎に当てて何か考え込んでいる。

——この子がこの事件に興味を持たないはずはない。

その姿を見て、紀美子は直感した。

3

それから八日後だった。

十時半に店を開けてすぐに、一人の女性が入って来た。彼女は窓側の二人用のテーブルに着き、まずはアイスコーヒーを注文した。この時間に来店して飲み物を注文する客は、ほぼ昼前には帰る。

だが、彼女は帰らなかった。アイスコーヒーを飲み終えても、ランチタイムになって近隣の会社員や学生で混雑し始めても居続けて、ランチタイムの終わりの時間になってようやく、「何か食べるものはありますか?」と紀美子に尋ねてきた。「ランチのハンバーグ定食が終わってしまったので、ハムサンドかパスタくらいであればできますが」と答えると、首をかしげて、ちょっと重いかしら、という顔をした。そして、壁の黒板を見て、「シフォンケーキセットをください。ホットコーヒーで」と注文した。彼女のテーブルには、文庫本が一冊置かれていた。

昼過ぎからカウンターに入っていた友也がコーヒーをいれて、紀美子がセットした「本日の抹茶のシフォンケーキ」と一緒にテーブルまで運んで行った。

ティータイムが過ぎて、一時的に店からほかの客がいなくなり、彼女一人が残った。さすがに紀美子は訝しく思い、「彼女、いつまでいるつもりかしら」と小声で友也にささやいた。もう何度、彼女の空になったグラスに水を注いだかしれない。

友也は、「たまにははずれるさ」というつぶやきで応じたが、紀美子にはそのときはその意味が理解できなかった。

五時半を過ぎてディナータイムになると、店内では、がっつりと定食を食べる夕食派と、つまみで酒を楽しむ居酒屋派――カフェバー派と、暗黙の棲み分けが自然とできてくる。

彼女は、「グラスワインを白で。それから、シーザーサラダをお願いします。パンをつけて」と注文したから、カフェバー派なのだろう。

朝の十時半から夜の十時まで。十二時間近い、ほぼ半日の長時間営業が売りの「喫茶ポスト」である。店舗を含むこの建物が自分たちの住居なのだからできる芸当かもしれない。食材が切れてあり合わせのものにしても、注文されてから出すまでが遅くとも、気長に待ってくれるものわかりのいい常連客が中心だから続けてこられた。が、最近は、霊界ポスト人気のおかげで新しい客層が加わり、店内での客同士のちょっとした諍いなどトラブルが増えた。男の友也がいてくれると用心棒がわりになって助かるのだ。

近隣の客は遅くまで飲んではいないし、最寄り駅まで距離があるから、電車を利用する客は九時過ぎには店を出る。閉店時間が十時といっても、大半の客はその前に帰って行く。

しかし、彼女だけは店にいた。グラスワインを注文したくせに、飲めないのか、三分の二も残している。グラスの水は減っている。

「あの、閉店時間なんですが」

紀美子が遠慮がちにそう切り出した瞬間、

「本郷敦子さんですよね？」

と、友也の言葉がかぶさった。

「えっ？」

思わず、紀美子は友也の顔を見て、次に視線を女性客に移した。

そこに座っているのは、どう見ても学生にしか見えない年ごろの女性だ。

――だって、友也、本郷敦子はある程度年齢のいった女性じゃないかって……。

そう推理したじゃないの、と内心で抗議の声を上げたのを、

「何ごとにも例外はあるさ」

友也は、早口で言って首をすくめた。そして、「何か話したいことがあるんですよね」

と、穏やかに言うと、本郷敦子の一つ手前のテーブルに座る。

紀美子は、店のドアを閉めに行ってカーテンを引き、戻ると友也の隣に座った。

「どうして、わたしのことがわかったんですか？」

と、本郷敦子は眉をひそめて聞いた。顔が赤くなっているから、本来はアルコールに弱い体質なのかもしれない。気つけ薬のつもりで、無理してワインを注文したのだろうか。

「それですよ」

友也は、テーブルに置かれた文庫本を指差した。かけられたカバーには、鉛筆で何か字が書かれている。

だが、紀美子がのぞこうとしたら、本郷敦子に素早くテーブルの下に隠されてしまった。

「カバーに覚え書きみたいなことをしたんです。それを読み取ったんですか？」

本郷敦子の目には挑むような強い光が宿っている。小柄で細身、細い顎に濃い一文字眉

に切れ長の目、髪はショートカット、と全体的にシャープで小鹿を思わせる雰囲気の女性だ。デニムのジャケットに膝丈の黒いパンツを合わせている。

「手紙の筆跡とその字が似ていたのでね。それに、あなたは前に一度、来店しています。そのときも一人で、ホットコーヒーを注文しました」

友也は、たいしたことでもなさそうにすらすらと答える。

――手紙の筆跡を記憶して、短時間にカバーの筆跡と照合したのか。しかも、以前来店した客の顔を憶えているなんて。

紀美子は、友也の記憶力と鑑識眼に驚愕し、その推理能力に改めて感心した。そういえば、と彼の子供時代を顧みる。読んであげた本のあらすじを自分で事細かに説明できるほど記憶力に秀でていたし、習い始めてすぐにピアノの先生に暗譜能力の高さを指摘されたものだった。

「それなら、話は早いです」

ふう、と息をついて、本郷敦子は姿勢を正すと、息せき切ってたたみかけた。「わたしの手紙に返事はきていませんか？　投函してから、もう三週間たちます。優子は無念な思いを抱えて死んでいったんです。わたしと同じでまだ二十歳だったんですよ。優子も地方から上京して、将来の夢に向かって一生懸命勉強していたんです。わたしは教師をめざして、優子はカウンセラーをめざして、同じ心理学科で学んでいました。優子が殺された日、わたしは彼女のアパートで会っていたんです。あのまま彼女のそばにいてあげたら、あんなことにはならなかったのに……。だから、悔しくてたまらないんです。そういう彼女が霊界からメッセージを送ってこないはずはないんです。霊界ポストに投函したのだから、あちらに届いているはずですよね。神様は真摯な願いは聞き入れてくださるんですよね？　わたしの手紙、読んでいただけたのでしょうか。ほかの手紙と同等に扱わないでください」

　そういう理屈も作れるのか。紀美子は、彼女のストレートな言い分にちょっと呆れたが、若くして人生を絶たれてしまった被害者の無念さはわかるし、その友達である彼女の悔しさにも共感できる。

「手紙は読みましたよ」

　本郷敦子の興奮が少し鎮まったところを見計らったように、友也が言った。

「ええ、読みました」

　彼女の視線を感じて、紀美子もうなずいた。

「それで、誰がそういう能力をお持ちなんですか？　霊界と交信できる能力を」

　と、本郷敦子は、上目遣いに二人を交互に見る。

「何か誤解されているようですね」

　友也が笑って、首を左右に振った。

「実際に、一か月後に霊界から返事がきたっていう人がいましたよね。確か、女子高校生が出した手紙に返信があったとか。返信したのは、お知り合いの霊能者の方なんでしょう？」

本郷敦子は食い下がる。インターネットから仕入れた情報なのだろうが、自分に都合よく解釈しているようだ。

「そういううわさはぼくも聞いたことはありますが、お知り合いの霊能者とはどこのどなたなんでしょうか」

と、友也は他人事のように言い、「みなさんがこのポストをどう活用しようと、それはみなさんの自由ですよ」と、突き放すような言い方をした。

「文字どおり、神頼みなんでしょう？」

開店から閉店までいて、店の者だけになるチャンスを待っていた本郷敦子が哀れになって、紀美子は彼女の気持ちを代弁した。

「そう、神頼みかもしれません」

それまで気が張っていたのだろう。本郷敦子は、ややかすれた声で認めて、疲れたというように首を振った。

「その気持ちはわかりますよ」

と、友也も同情心を示して、「神様もすべてお見通しってわけじゃない。事件についてくわしく報告がてら、もう一度、手紙を投函してみたらどうかな。そのつもりで来たんでしょう?」と、気弱になった本郷敦子を、同じ二十代らしくフレンドリーな口調で慰め、励ました。

「わたしが手紙を持っているって、どうしてわかったんですか?」

本郷敦子は、虚をつかれたような表情になって、膝の上のバッグに視線を落とした。

「あなたは文庫本を読んでいるふりをして、何度もバッグとポストに目をやっていた。バッグに大事な手紙が入っていたから、よほど気になっていたのでしょう」

友也がまたもや推理能力を発揮し、紀美子は、そこまでつぶさに彼女を観察していたのか、とふたたび感心した。

「そうです。封筒の中には、事件について報じた新聞記事のコピーと、優子が旅先からわたしに出した絵はがきが入っています。春休みに一緒に行く予定だった旅行に、わたしは体調を崩して行かれなくなったんです。優子は、旅先で絵はがきを買って送ってくれました。メールもLINEもある時代に、あえて絵はがきを選んだ彼女です。『臨場感を伝えるにはアナログな直筆が一番いい』と言ってました。そういう感性豊かな女性なんです。彼女がいかに純粋な女性だったか、神様に知ってもらえたらと思って。そしたら、神様も彼女に同情して、わたしへの返信を優先させてくれるかもしれないでしょう? それに、ネットで霊界ポストにまつわる話を読んでいたら、絵手紙が登場するのを知ったんです。

何となく効果が期待できる気がしたので、絵はがきも入れてみました。おまじないみたいなものですね」

本郷敦子は、バッグから白い封筒を取り出すと、友也に渡した。二通目の封筒の表のあて名には「霊界の」がついて、「霊界の手塚優子様」となっている。

「こんなに完璧(かんぺき)な道具立てをしたんですもの、今度こそ、返事がきますよね」

本郷敦子は、両手を合わせて祈るように言った。

保証はできない。紀美子は、そのすがるような視線に耐えられずに目をそらしたが、

「きますよ」

友也は、いとも簡単に請け合った。

「じゃあ、期待して待っています」

本郷敦子は、目を輝かせて帰って行った。

「安請け合いして、大丈夫なの？」

二人になって、心配になった紀美子は友也に確認した。

「たぶん」

「天の啓示がありそうなの？」

前回のように、ついに霊が身体に降りてきそうなのだろうか。

「いや、全然。そんな兆候はまったくないね」

と、友也は笑ってかぶりを振る。

「無責任なこと言わないでよ。あの子、期待しちゃったじゃないの。とにかく、霊界ポストに投函しましょう」

紀美子は、友也の手から手紙を取り上げた。

「投函する必要はないよ」

が、すぐに、友也に手紙を奪い返された。「紀美さんまで、もっともらしく霊界ポストなんて呼んで、まったく」

「だって、この霊界トンネルを通り抜けないと、あの世から返事はこないわけだから」

「本気でそんな話、信じてるの？」

「百パーセント信じているわけじゃないけど、絵真さんの例もあったことだし……」

「だから、言ったでしょう？　あれは、神様の気まぐれで、一生に一度の不思議な体験だったって」

「神様がまた気まぐれを起こさないともかぎらないでしょう？」

「それは、まあ、そうだね」

その可能性については、あっさりと認めて、「でもさ、たとえ霊のお告げがなくても、今回は何とかなりそうだよ。殺人事件に関してはね」と、友也は自信をみなぎらせたような表情で言った。

「あなたの優れた推理能力で、犯人を見つけるの？」

ああ、そうか、と一旦は納得したが、「でも、それにしたって、万能じゃないでしょう？ほら、友也の推理がはずれたこともあったじゃない。名前の件よ。子がつくからある程度年齢のいった女性だろう、っていうあの推理」

「あれはね、よくよく考えたら、二十代の若いアイドルグループにも敦子とか優子とかいたでしょう？　その子たちの親世代が四、五十代だとすると、わりと保守的な考えの人たちもいて、子のつく名前を好んでつけたりする。とくに地方では、祖父母が孫の命名をする風習が残っていて、意外に古風な名前をつけられたりする」

「慎重に熟考すれば、的確に推理能力が発揮できる。そう言いたいのね？　それはわかったけど、あの子は本気なのよ。本気で霊界の友達から手紙の返事をほしがっているのよ」

返事が届かなかった場合は、どう反応するのだろう。神経過敏で、感情の起伏が激しそうな若い女性である。泣きわめきながら来店するのか、それともヒステリックに怒鳴りこんで来るのか。想像しただけで憂鬱になる。

「本郷敦子は、『霊界から返事がくる』と、本気で思っていると思う？」

「本気で思っているんじゃないの？」

「うわさをファンタジーとして楽しめない人たちの一人？」

「そうじゃないのかしら。霊界を百パーセントは信じていないにせよ、誰か霊能力のある人にすがりたい気持ちがあって、そういう人に何とかしてほしいと切実に思っているはずよ」

「違うね」

言下に、友也は否定した。「彼女は、霊界から返事がくるなんてはなから信じてやしない。霊能力も信じてやしない。信じていないのに、ここに来て、ぼくたちに接触した。大体、ここに来て、返信を催促（さいそく）すること自体、かなり目立つ言動だよね。不自然なほど大胆だ。彼女にはそうする必要があった。何か明確な目的があるはずだよ」

「犯人が捕まること。それが彼女の望みで、最終的な目的じゃないの？」

それしか思いつかずに紀美子は言ったが、友也は薄く笑い返しただけで、関心を手紙へと戻した。封筒に貼られたシールを剝（は）がし、中から新聞記事のコピーと絵はがきを取り出すと、紀美子にまず絵はがきから差し出した。

絵はがきの写真は、北海道の小樽（おたる）のもので、ガイドブックやポスターでよく目にするような運河沿いに建ち並ぶ倉庫群を写したものだ。

「敦子、体調はいかがですか？　この美しい風景を見せてあげられないのが残念です。独り占めするのは心苦しいので、このすばらしい空気感をそっくりお伝えしますね。伝わった？　伝わったら、またいつか、二人でここに来ようね。絶対、絶対、必ずだよ。優子」

こちらの文面も、気持ちをこめて紀美子は読み上げると、「女子大生らしい文面というか」とつけ加えて、吐息を漏らした。

「事件については、個人的に調べたんでね。ぼくはもう読む必要はない。被害者の名前で検索して、半年前に千葉県で起きた殺人事件だとわかった」

そう言って、友也は、次に新聞記事のコピーを紀美子に差し出した。

＊

けさ七時半ごろ、船橋市緑台のアパートに住む大学二年生の手塚優子さん（二〇）が死んでいるのを、訪ねて来たアルバイト先の飲食店の店員が見つけた。店員によれば、前夜手塚さんが仕事を無断で休んだので翌日のけさ訪ね、大家の立ち会いのもとで部屋に入ったところ、紐（ひも）状のもので絞殺されている手塚さんを発見したという。手塚さんの着衣は乱れ、暴行された跡があった。玄関に施錠（せじょう）はされていなかった。手塚さんは一人暮らしで、週に三日、市内の飲食店でアルバイトをしながら大学に通っていた。

＊

「強姦（ごうかん）されたのね」

その状況を想像して、紀美子は胸が痛んだ。最近の新聞記事は、強姦とか性的暴行という生々しい言葉を避けるが、状況からしてそれしかない。

「手塚優子が殺された日、本郷敦子は彼女と会っていた、と言っていたよね」

「ええ、確か、そう言っていたわね」

友也が巡らせる推理が自分のそれとは方向が違っているように思えたので、「どうして
それが気になるの？」と紀美子は聞いた。

「いや、別に」

しかし、友也は手をひらひらさせて、自分の想念にふたたび浸ってしまった。

4

絵真がオフィスフロアから降りて行くと、応接コーナーの木製の椅子に座っていた牧野
友也が中腰になった。

「お待たせしました。どうぞそのままで」

手で着席を促し、絵真も友也の前に座った。

「きれいなショールームですね。それに、この椅子、とても座りやすいです」

社交辞令なのかもしれないが、友也は絵真の会社の雰囲気と製品を褒めた。

「ありがとうございます」

絵真は微笑を返したが、自分がデザインした椅子ではないことをちょっと残念に思った。まだそこまで重要な仕事を任されてはいない。日本橋のオフィス兼ショールームを待ち合わせ場所に指定したのは、絵真である。だが、会いませんか？　と誘ってきたのは、友也だった。

友也のピアノ演奏を聴いたあの日から、何度、「喫茶ポスト」に足を延ばそうと思ったかしれない。一度は近くまで行ってみたものの、店に入る勇気が出せずにきびすを返してしまった。

友也が弾いてくれたドビュッシーの「亜麻色の髪の乙女」の音色に魅せられた絵真は、すぐにそのピアノ曲の入ったCDを購入すると、毎日、繰り返し何度も聴いた。しかし、やはり、生で聴いた音色のすばらしさには遠く及ばない。仕事をしていてもドビュッシーのそのピアノ曲が耳から離れなくなったとき、〈もしかして、わたしはドビュッシーではなくて、牧野友也に惹かれている？〉とはじめて自分の気持ちに気づいた。

彼に惹かれていようといまいと、コーヒーを飲むために「喫茶ポスト」には顔を出せるはずだ。が、それができなくなっている。

彼の特殊な能力と、特異な過去を知ったいまは、牧野友也を畏れている自分もいる。そう、怖れではなく畏れ。彼に向ける思いに、神を畏怖するような敬虔で厳かな思いが混じっているのを絵真は感じている。線路に転落した幼女を救出した際に、右手に怪我を負ったのだという。危険を顧みない勇気あふれる行動をとったのだから、その怪我をした右手に不思議な力が宿ったとしても、夢のある物語としてなら納得がいく。

いまの絵真は、牧野友也という人間を尊敬すると同時に、その不可思議な能力を持つがゆえに怖がってもいるのである。

それに、彼の生い立ちや怪我については約束どおり他言はしていないが、霊界から返信があったことは会社の高畑さんに話してしまったのである。もちろん、「わたしの知り合いの話なんだけど」と、他人のエピソードに変えるなどの脚色を加えはした。高畑さんの性格を充分踏まえた上で、エピソードがうわさとして世間に浸透していくのを計算して、慎重に伝えたのだ。

「喫茶ポスト」が以前より繁盛しているのは、インターネットの書き込みなどからもうかがえる。店の売り上げには貢献したが、それが彼のためになったかどうかは疑問だ。

後ろめたさを抱えていただけに、牧野友也から手紙を受け取ったときは、指先が熱くなり、しばらく封書を持って陶然としていた。

＊

ご無沙汰(ぶさた)しています。その後、お変わりありませんか？

あれから絵真さんが来店されないので、どうしたのかなと案じています。叔母も寂しがっています。

実は、あなたにお願いがあるのです。少しお時間を作ってくれませんか？　できれば、木曜日以外の三時過ぎがありがたいです。

＊

手紙の最後に、彼のパソコンと携帯電話のメールアドレスが添えてあった。「絵真さん」と名前で呼びかけている箇所を、絵真は穴の開くほど見つめた。そして、次に会うときは、わたしも彼を名前で呼ぼう、と決めた。二人の距離をさらに縮めるために。

面会場所には、日本橋の自社ショールームを指定した。ショールームには、顧客との打ち合わせスペースがいくつか設けられている。「喫茶店に置くテーブルと椅子の買い替えを検討中のお客様」として社に届け出ておけば、就業時間内に話ができる。

「お仕事中でしょうから、単刀直入に言いますが」

そう前置きしたくせに、小さく息を吐くと、「手紙を書くのに勇気が要ったんですよ」と、友也は、本筋からはずれてはにかむように言った。

「そうなんですか？」

勇気を出そうと努力していたのは自分のほうだ。彼からそう切り出してくれて、絵真は拍子抜けした気分になり、肩の力が抜けた。

「あれから、また何か啓示はあったのですか？　あの現象は、自動書記と呼ばれるものに近いとあとで知りました。不思議な現象ではあるけれど、過去に海外で似たような体験をしている人もいるんですね。霊に取りつかれたようになって、霊の言葉を書きとめる人が」

本題に入る前に、絵真からも大事な質問を向けた。そして、自分の発した「取りつかれた」という言葉からあるイメージを連想して、答えを聞く前に質問を重ねた。「ドビュッシーの曲を弾かれるときは、作曲したドビュッシーに取りつかれたような状態になるんですか？」

「いや」

と、友也は、大きく左右に首を振った。「ぼくは、自分を作曲家とは一体化できないタイプの人間だと思っています。あたかも作曲家が乗り移ったかのように曲にのめりこんで情感たっぷりに弾ける人もいますが、ぼくはそうではありません」

「右手を怪我したから、そう思うようになったのでは？」

「いや、怪我は関係ありません。その前からそう感じていました。自分は、情感より技術で聴衆を魅了するタイプの演奏家だと。正確な演奏を得意とする技巧派を自任していたから、指の感覚が少しでも狂うと思い描くような演奏ができず、苛立ってしまうのです」

「怪我によって、イメージどおりの演奏ができなくなってしまったんですね？　理想を高いところに置いておられるのですね」

友也から反応が返ってこなかったので、余計なことを口にしてしまったかしら、と絵真は気になった。

「話をもとに戻しましょう」

しかし、友也は微笑(ほほえ)みながら言った。「さっきの自動書記現象ですが、あれからまったく何の兆しもありません。あれは、一度きりの奇跡だったのかもしれませんね」

「奇跡、ですか」

「とはいえ、あのポストに手紙を投函する人たちには、一度きりの奇跡だったと言ったところで通用しません」

友也の表情は険しくなる。「霊能力者が返事を書いているのだったら、自分にも返事がほしいと言う人や、お金を払うから霊媒師を紹介してくれと言う人もいます」

「すみません」

思わず、絵真はあやまってしまった。やはり、彼の生い立ちや怪我のことを暴露(ばくろ)しないまでも、「霊界から返信あり」のうわさを広めた大もととして責められているのだろうか。

「少しは、あなたにも責任はあるかもしれません」

言葉とは裏腹に友也の表情は柔らかくなった。「で、責任を感じているのでしたら、こちらの頼みを聞いてください」

「えっ？」

今度も、そういう作戦だったのか、と絵真はようやく思い至った。理詰めで自分の意見や要望を通す。そういう話術に長けた男なのかもしれない。容姿がさわやかで、口調がソフトなので、嫌味な感じは受けないが。

「大丈夫。大学生で通用しますね」

そして、絵真を正面から見て、ひとりごとのように言う。

「大学生って、どういう意味ですか？」

「絵真さんに、ある場所に潜入してほしいんです」

「潜入？」

「霊のお告げがない以上、ぼくはほかの能力を発揮して、問題を解決するしかないんです」

ほかの能力？　問題？　何のことだろう。

「これが、霊界ポストに投函された手紙です」

友也は、テーブルに一通の封書を置き、絵真のほうへ押し出すと、「ああ、ぼくとしたことが。軽々しく霊界ポストなんて呼んじゃいけないな」と笑った。

「読んでもいいんですか？」

店内のあの赤いポストに客が投函した手紙である。個人情報が満載のはずだ。

「あなたの口の堅さはわかっています。旺盛な行動力とともにね」

大きくうなずいて、友也は語を継いだ。「男のぼくも無理だし、叔母は文字どおりおばさんで無理だし、適役なのはあなただけ。あなたしかいないんです」

5

大学を出てから四年目。さすがに「まだ女子大生です」で通す気にはなれない。というより、それで通る気はしなかった。大体、身長の高い絵真は、人ごみの中にいても目立つ。ちょっとヒールのある靴を履けば、百七十センチくらいになってしまう。

——目立ちすぎるんじゃないかしら。

自意識過剰かもしれないが、キャンパスの中を歩いているだけで、行き交う学生たちの目が自分に集中しているように思われて落ち着かない。

——本郷敦子が在籍する大学のキャンパスに行って、彼女の交友関係についての情報を入手して来てほしい。とくに、殺された手塚優子との関係が本当はどうだったのか。

それが、友也からの頼まれごとだった。殺人事件についての説明も受けた。被害者は、本郷敦子と同じ学科に在籍していた、彼女の友人の手塚優子だという。

「えっ、それって、つまり、聞き込み調査ですか？」

絵真は、思わず頓狂（とんきょう）な声を上げてしまった。「まるで探偵みたいじゃないですか」

「ええ、探偵です」

いともあっさりと認めて、友也は微笑んだ。「叔母に頼むことも考えたけど、キャンパスを歩けば保護者だと思われそうだし、ぼくは面が割れていますしね」

「だから、わたしに……ですか？」

「三週間、と期限を切りましょう。霊界ポストに二通目を投函してからひと月後、本郷敦子はまた来店するはずです」

「あの、もしかして、それまでに真犯人を見つけるつもりですか？」

「ほかの能力を発揮して」とは、すなわち、「推理面での能力を発揮して」という意味ではないのか。

「真犯人には行き着かないかもしれない。だが、真相にはたどり着けるかもしれない」

と、友也は謎（なぞ）めいた哲学的な言い方をし、こうつけ加えた。「殺人事件ですからね。あなたに危険なことはさせられません。少なくとも、大学のキャンパスは安全でしょう」

そう言われて、次の休日に千葉県内の某私立大のキャンパスまで足を延ばしてみたのだったが……。

封筒に記されていた住所のほかには、地方出身であること、一人暮らしであることが、友也から与えられた本郷敦子に関する情報である。彼女との会話から導き出した情報だとだ。

いう。「おそらく、自宅か大学のそばでバイトもしているでしょう」というのも彼の推理

本郷敦子の通う大学は、「喫茶ポスト」に来店したときに彼女が持っていたバッグに取りつけられていたマスコット人形を見て、そこから割り出したのだという。いまは大抵の大学がその大学の顔となるキャラクターマスコットを作っていて、ノートやボールペンなどの文房具やマグカップなどのグッズにキャラクターを使用している。キーホルダーやバッグにつけるチャームなども売り出している大学があるのは、絵真も知っている。絵真が通っていたのは都内の地味な国立大で、キャラクターマスコットこそなかったが、それでも派手にデザインされた大学のロゴマークが入った文房具が生協に並んでいたものだ。

絵真は、女性の持ち物まで細かく観察していた友也に感心し、彼が自分の推理に自信を持つのも無理はないな、と思った。

「探偵なんてしたことはないので、何をどうやればいいか、まるでわかりません」

戸惑いを露(あらわ)にした絵真を、

「いや、大丈夫ですよ」

と、友也は、無責任だと思われるくらい明るく笑い飛ばした。「だって、あなたは、探偵のようなことをした実績があるじゃないですか。行動力を発揮して、すぐに山口のおばあさんのところに飛んだ。そして、霊のお告げが真実かどうか、自分の目で確かめた」

「あれは祖母の家だからできたんです。でも、今回はまったくはじめての世界です。何も収穫がなかったら申し訳ないです」

「気にする必要はありません。所詮、素人探偵なんですから。ああ、でも、心配ご無用です。きちんとしたバイト代は払えませんが、交通費などはあとで請求してください」

「それはけっこうです。お店に面倒な頼みごとをするお客さんが増えたのは、わたしのせいでもあるんですから」

　そんな会話のやり取りがあったのちに、絵真は、不安を抱えながらキャンパスに立ち入ったのだ。不安はあるが、やる気もある。推理能力抜群の友也に、探偵の素質あり、と見込まれたからだ。「喫茶ポスト」を含めて西けやき商店街の活性化を図る手助けをしよう、と意気込んでいる。

　素人探偵とはいえ、少し前まで本郷敦子と同じ女子大生だった経験を生かして、勘を働かせてみる。

　本郷敦子が在籍しているのは、文学部心理学科である。大学紹介のパンフレットは、書店で入手している。心理学科の学生数は、一学年約八十人。事件当時二年生だった本郷敦子は、現在は三年生に進級しているはずだ。一、二年次に比べて、講義のコマ数は減っているかもしれない。大教室で行うような一般教養の講義を受けている可能性は低い。となると、学生のふりをして教室に潜入するのは、素性がばれる可能性が高いと考えていいだろう。

——どういうところから取りかかればいいのか。

まずは、学生時代の自分がそうであったように、文学部の掲示板の場所を探した。

文学部の掲示板は、中庭に面した三階建ての棟のエントランスにあった。

休講の情報などはインターネットで閲覧(えつらん)できる便利な時代になったとはいえ、教室の変更や単位の取得に関する情報などの重要な連絡事項は、掲示板に紙面で告示される仕組みは、昔もいまも変わらない。

絵真が大学時代にもっとも恐れていたのは、呼び出しだった。幸い、自身が呼び出しを受けたことはなかったが、レポートが未提出だったり、単位の取得数が足りなかったりした同級生が何人か呼び出しを受けていた。

案の定、複数の学生の氏名が八桁(けた)の学籍番号とともに掲示されている。

文学部は国文科、英文科、史学科、心理学科と四学科あり、それぞれに数名から十名ほどの氏名が挙がっている。心理学科の欄にも五人並んでいる。本郷敦子の名前はない。

これをどう取っかかりにすればいいのか、と思案していると、隣に男子学生らしき若者が立った。彼の視線を追うと、しかし、その先は国文科のほうへと向いている。

十五分ほどそこにいたあいだに、入れ替わり立ち替わり二十人くらいの学生が掲示板の前に立った。

女性の三人グループが隣に来たときだった。

「ああ、よかった」

「セーフだね。呼び出しくらってない」

そんな会話が聞こえたので、

「心理学科ですか？」

と、絵真は思いきって話しかけた。

「はい」

と、中の一人が答えて、訝しげに絵真を見上げた。三人とも小柄な女性たちである。長身であることで年長者だと思われて警戒されたのだろう、と察した絵真は、「事情があって休学していたんです」と、とっさに思いついたうそを口にした。

「ああ、そうですか」

年長者だと解釈して敬語になり、彼女らは互いに顔を見合わせた。

「まずは、掲示板を見ることから始めようと思って」

言い訳めいた前置きをしてから、絵真は声を潜めた。「うちの学科の子が殺されたんですって？」

「ああ、それは……」

三人の中で一番快活そうな子が言葉を切り、躊躇(ちゅうちょ)したのを見て、

「親に復学を考え直すように言われちゃって。物騒だから、って」

絵真は、彼女らに考える隙を与えないように早口で言い、「交際していた人に殺されたとか?」と、あてずっぽうで言い募った。

「それは違うよね」

「犯人はまだ捕まってないよね」

「でも、手塚さん、つき合ってた人はいたとか」

「三角関係でしょう?」

すると、女子学生三人は途端に内輪でおしゃべりを始めた。

「三角関係って、誰と誰の?」

より踏み込んだ質問をした絵真に、例の一番快活そうな子が不審なものを感じたらしく、

「何年休学していたんですか? 入学年度はいつですか?」

少しきつい口調で尋ねてきたので、「じゃあ」と、絵真は急いでそこから退散した。

物陰に移動し、忘れないうちに、と彼女たちの発言を漏らさずメモに書きとめる。殺された手塚優子にはつき合っていた人がいたといううわさがあったこと、手塚優子のまわりに「三角関係」という言葉が出るような人間関係が生じていたこと、の二点が重要なポイントである。

――初回にしては、収穫があったじゃないの。

絵真は、心の中でほくそ笑んだ。探偵の才能があるかもしれない、などとちょっと自惚れた。

そこまで要求されてはいないかもしれないが、次の休日には、本郷敦子が住んでいるアパートを張り込むつもりでいる。インターネットと駅前の不動産店舗で調べたら、アパートの間取りは１ＤＫだったから、誰かとルームシェアするには狭い。間違いなく一人暮らしのはずだ。

本郷敦子の顔写真までは入手できなかったが、友也が彼女の顔の特徴を的確につかんだ似顔絵を描いてくれた。太い眉に黒目の大きな目に細い顎、ショートカットの髪。身長は百五十センチくらい。絵真は、そのイラストからバンビを連想した。

アパートを張り込んで、部屋から出て来る本郷敦子を尾行することができるだろうか。アルバイト先が把握できたり、どこかで誰かと待ち合わせする現場をとらえられたりしたら、より詳細で重要な情報へとつながるだろうか。

――真犯人には行き着かないかもしれない。だが、真相にはたどり着けるかもしれない。

友也のあの言葉は、どう受け止めればいいのだろうか。

――殺された手塚優子との関係が本当はどうだったのか。

彼は、そこを調べてほしいと言った。あれは、来店した友人の本郷敦子に何かしらの疑いを持っているからではないのか。

——まさか、一見、親友風の彼女が犯人？

いや、違う、と絵真は即座に否定する。新聞記事を読むかぎり、遺体には性的暴行の跡があったという。殺害された前かあとかはわからないが。とすると、犯人は男性のはずだ。殺害した人物が、遺体に持参した精液などを付着させるなどという手の込んだ偽装工作を施したというのか。しかし、暴行したとしたら、ほかに傷などが生じた可能性もある。科学捜査の技術は進んでいる。警察がそんな初歩的な点を見落とすはずはない。

無意識のうちにめまぐるしく推理を巡らせている自分に気づいて、絵真は苦笑した。

6

「その節は娘を助けていただいて、ありがとうございました。何とお礼を申し上げていいのかわかりません」

礼の言葉を口にしながら、真壁志保は、自分の口から出た言葉が宙に浮かんで、しゃぼん玉のように弾（はじ）けるような不思議な違和感を覚えていた。

——本当に、この人が千夏の命の恩人なのだろうか。

目の前で居心地が悪そうにしている男は、確かに、身長が百七十センチくらいのやせ型の男である。年齢を聞いたら、二十八歳だという。

「市田さんは、自分はたいしたことはしていない、当然のことをしたまでだ、名乗り出るのは嫌だ、行きたくない、と頑なに拒んでいたんですよ。それをわたしが強引に連れて来たわけで。だって、命の恩人が判明したのに何もしないままじゃ、わたしの気がすまないもの。ぜひともお礼をさせていただかないとねえ」

と、義母の敏子が笑顔で言う。

「いや、本当にそうなんです。ぼくは、そう言ったんです。たいしたことじゃないからいいです、けっこうです、ってね」

と、市田と呼ばれた男は言い、わずかに口を尖らせた。

この分厚い唇が嫌悪感を抱かせるのだ、と志保は思った。身体はやせているのに、首回りにはなぜか贅肉がついていて、頬もたるみ、あまり若さというか溌剌さが感じられない。しかし、身長、年齢ともにあのときの目撃者の証言とは一致する。当日は、この分厚い唇がマスクで覆い隠されていたのだろうか。

志保は、てのひらで彼の口元を覆い、目を細めて観察したくなる衝動を抑えて、「ありがとうございました」と、義母にならってふたたび頭を下げた。

顔を上げると、市田と視線が絡まった。が、先にそらしたのは市田のほうだった。

志保は、自分が描いていた命の恩人のイメージとあまりにも違っていたことに、ひどく戸惑っていた。

千夏を助けてくれた男を見たのは、ほんの一瞬にすぎなかったが、危険を顧みずに線路に飛び降りるくらいの人だから、正義感や勇気に裏打ちされた高潔さにまとわれた男のはずだ、と勝手に思い込んでいたのだった。そして、その高潔なイメージは美形で清潔感あふれる男のそれへと通じていた。

だが、市田は違った。若いのに二重になった顎と、口の周辺の無数の吹き出物が不摂生な生活を連想させ、不潔な印象さえ受ける。志保の中では、たとえ、命の恩人が指名手配中の殺人犯だとしても、その美形で清潔なイメージだけは変わらないのだった。

――娘の命の恩人に再会したら、直感でわかるはず。

心のどこかでそう期待していた自分の愚かさに呆れた。

そして、もっともがっかりしたのは、市田が敏子の所属する「人の道実践会」の会員だったことである。

「志保さん、見つかったのよ。千夏を助けてくれた人が」

敏子が興奮した口調で電話をかけてきたのは、一週間前だった。「ほら、やっぱり、わたしの言ったとおりだったじゃない。千夏の命の恩人は、うちの会員だったのよ」と、敏子は勝ち誇ったように続けた。

――そんな偶然ってあるのか……。

にわかには信じられずにいた志保に、敏子は、「人づてに市田さんのうわさが聞こえてきたのよ」と説明した。事故のあった日に同じ路線を使っていたこと、その翌日に左腕に包帯を巻いていたこと、を聞きつけた敏子は、人を介して市田に会った。彼と話をした結果、どこにも発表されていなかった事故当日の千夏の服装——黄色い上着——を憶えていたことから、命の恩人は彼であると確信したのだという。

当初は、「ぼくじゃありません。人違いです」と否定していた市田だったが、「子供を助けたくらいで英雄扱いされたくない、見返りを求めたくない、というあなたの謙虚さは理解できるわ。でも、勇気ある行動を会員に広めて、さらには立派な行いを社会に知らしめることが、ひいては『人の道実践会』の教えを世に広く普及させる道につながるのよ。それは、あなたも望むことでしょう?」と、敏子が熱心に説得した結果、名乗り出る決意をしたのだという。

「息子の嫁から正式に謝礼を差し上げます。そうしなければ、わたしの気がすまないから」

そう言って、今日、この面会の場をセッティングしたのも敏子である。

平日の昼間。夫の浩は出勤していて、娘の千夏は幼稚園だ。志保一人だけが敏子の家に呼び出された。正式な場は和室で、と堅苦しい考えをする敏子らしく、女二人と市田は、畳敷きの客間で座卓を挟んで向かい合っている。

「さあ、志保さん。あなたから謝礼をお渡しして」

正座をした敏子は、座卓の下で白い封筒を志保に渡す。中に十万円入っているのは知っている。「わたしが立て替えておきますからね」と、敏子に恩着せがましく言われたのだった。

「薄謝ですけど、どうぞ受け取ってください」

志保は、そう言いなさい、と指示されたとおりに言いながら、背筋を伸ばした姿勢で封筒を市田に差し出した。

「そんな、いただけませんよ」

市田は、ぶるぶると頭を振って、少し上半身をのけぞらせた。たるんだ顎の肉が震えたのを見て、志保の違和感と嫌悪感は膨らんだ。

「わたしの孫娘を救うために、お怪我をなさったんですもの。治療費だと思って、遠慮なさらずにお受け取りくださいな。本当に少なくて申し訳ないんですけど」

しかし、敏子が治療費という言葉を出すと、「それでは、いただいておきます」と、市田は顎を突き出すようにして封筒を受け取った。

敏子が立て替えてくれた十万円については、まだ夫に話してはいない。いや、市田の存在すらもまだ話していないのだ。「あの子は千夏のことを第一に考えて、何を言うかわからないから、とりあえず、先に謝礼だけお渡ししましょう。浩には事後報告でいいわ。あの子のお父さんも事務的なことは全部わたしに任せてくれる人だったから」という敏子の考えに従ったのだった。

命の恩人が現れてくれたのは嬉しいが、もうほとんど記憶から消えかけている事故のことを千夏には思い出させたくない。そういう考えは、母と息子で一致しているらしい。

十万円という金額は、家計を切り詰めている真壁家には大きい。が、娘の命の恩人への謝礼とすれば大金ではない。

――だけど、もし、この人が偽者だったら……。

十万円という大金を盗み取られたことになる。

――この男が本物だという証拠はあるのか……。

事故当時、確かに千夏は黄色いカーディガンを着ていたが、たとえば、それは救出した本人でなくとも、その場に居合わせた人間だったらわかる情報だ。あるいは、その場に居合わせた人間から間接的に得た情報かもしれない。怪我だってそうだ。事故の翌日に腕に包帯を巻いていたからといって、怪我を治療した医師の診断書を敏子が見せられたわけではない。

「ひどいお怪我だったのでしょうか。後遺症に悩まされてはいませんか?」

どちらの腕だっただろうか。志保は、市田の両腕を交互に見て問うた。

「あっ……もう、全然大丈夫です」

と、市田はうわずったような声で言い、右腕から左腕へと素早く視線を移すと、「骨折したのは左腕です。肘をちょっと」と答えた。

「左の肘を骨折されたんですか。それは重傷じゃないですか」

骨折とは、ちょっと意外な気がした。

「そうよ。それだけ大変なことだったのよ。幼児とはいえ、人間一人をホームまで持ち上げるんですもの。それから、ご自分も必死に這い上がって……。あっちにぶつかり、こっちにぶつかりして、気がついたら骨が折れていたんでしょう?」

現場に居合わせもしなかった敏子が市田に加勢するように言った。

「ええ、そうなんです」と、市田がうなずく。

「出血もされたんですよね?」

ホームのコンクリート壁には血液が付着していたとあとで知って、志保はよけいに責任を感じた。それで、匿名でマスコミを使って、「名乗り出てください。治療費を払わせてください」と呼びかけたのだった。

「あ、ああ。少しですけどね。たいしたことはありません」

市田の笑顔がこわばった。

おかしい、と志保は思った。ホームのコンクリート壁への血液の付着の仕方については、駅員に聞いたり、独自に調べたりしたが、出血量はごくわずかで、そこから類推できる怪我の種類は打ち身やすり傷というものだった。たとえば、手の甲やてのひらや指をコンクリート壁に強く打ちつけたり、こすったりしてできた裂傷、すなわち、皮膚などが裂けてできた傷である。あの日は、まだ半袖になるような季節ではなかった。志保や千夏も含めて、まわりはみんな長袖を着ていた。左腕の肘の骨折となれば、たとえどこかから出血したとしても、血液は衣類が吸収するのではないだろうか。それに、怪我をして長らくその場にとどまっていたわけではない。いわば、瞬間的に生じた傷である。肘にダメージを受けたときに、服から露出した部分、手首や手の甲、あるいは顔面などまですったり切ったりしたのだろうか。

けれども、敏子の前である。そこまで細かく追及する勇気は振り絞れない。

——本物の命の恩人はほかにいるのではないか。

志保は、いま自分の中に熱くわき起こっている直感を信じよう、と思った。この世のどこかにいる本物の命の恩人が、この男は違う、偽者だ、と教えてくれているのではないか。それが違和感となって自分に伝わってきているのではないか。そう思えてならなかった。

7

有田焼の小鉢に入っていたので、純粋な和風の茄子の揚げ浸しかと思って口に入れたら、そんな単純な味つけではなかった。確かに、茄子のほうは和風のかつおだしがきいているのだが、まわりに散らされたプチトマトにはオリーブオイルとバルサミコ酢の味が染み込んでいて、和風だしとイタリアン風味がうまく融合(ゆうごう)している。十字に重ねて盛られた茄子の上には、細かく刻んだ緑の大葉とピンク色がかったしょうががふんわりと載っていて、彩りもきれいだ。

「和食とイタリアンのマリアージュって感じで、とてもおいしいです」

絵真は箸(はし)をつけながら、カウンター越しに紀美子に言った。お通しとして出されたものだが、かなり凝っている。

「絵真さんは白ワインを注文されたから、茄子の揚げ浸しをイタリアン風にアレンジしてみたのよ」

紀美子はそう説明して、「よかった、お口に合って」と微笑んだ。

絵真は、紀美子の着想の豊かさと手際のよさに感心し、自分への特別な気遣いに感謝した。ほかの客たちには単なる和風の茄子の揚げ浸しをお通しに出していたということだ。

「それ、日本酒にも合うよ」

と、客が帰ったあとのテーブルを片づけていた友也が、背後から言った。

「うん、合うかもしれない」

絵真がワイングラスをカウンターに置くと、

「じゃあ、二杯目は日本酒だね」

と、友也がはしゃいだ声で受けて、「紀美さん、ひいおじいちゃんの郷里のお酒、あったよね」と紀美子に声をかけた。

「ああ、上州誉（じょうしゅうほまれ）ね。死んだ祖父が好きだったのよ」

紀美子は、カウンター内の冷蔵庫を開け、一升瓶を取り出した。

「郵便局長だったおじいさまですね」

祖父がダムに沈んだ村の郵便局長をしていた関係で、さびついた郵便ポストをもらって来たというエピソードを、絵真は憶えている。

「みんな帰ったから、じゃあ、三人で飲みましょう。少しお燗（かん）をしたほうがいい？」

三つ並べた桝（ます）入りのグラスに一升瓶のまま日本酒を注（つ）ごうとして、紀美子は手をとめた。

「冷やでいいです」

と、絵真は答えた。紫陽花の季節はとうに過ぎ去り、夏も過ぎて、秋も深まりつつあるが、いまの絵真の体感温度は高い。

「じゃあ、ぼくもコップ酒で」

戸締りをしてカウンターに戻った友也もグラスを取った。

「乾杯」と、三人同時に発声する。

三人で飲む日本酒は格別においしい、と絵真は感じた。友也も好きだが、紀美子のことも好きだ。友也の母親でない点がいい。紀美子が彼の母親だったら、遠慮が生じてこんなに気軽に話せないのではないかと思う。叔母と甥。近すぎず遠すぎずの、その距離感が心地よい。

友也から「探偵役」を頼まれてから三週間。「あんまり収穫という収穫はなかったけど、報告にうかがいます」とメール連絡した絵真を、「じゃあ、うちの店で打ち上げをしましょう」と、友也が誘ってくれたのだった。

閉店時間が迫ったころに来店し、店を閉めたあとにゆっくり三人で飲む。「絵真さんのおうち、高円寺ですよね。遅くなっても大丈夫、安全にお送りしますよ」という友也の言葉が嬉しくて、来店前から、夜道を友也とデートする光景を思い描いていた絵真だった。

ピアノのそばのテーブルに場所を移して、三人での宴会が始まった。テーブルには、紀美子が作った料理が並ぶ。えびと卵を炒めて甘酢であんかけにしたもの、さつまいものレモン煮、椎茸のバター焼き、わけぎと赤貝のぬた。

「今日は、居酒屋風だね」

並んだ皿を見て友也が言い、「どうぞ」と料理を絵真に勧めた。

遅い時間にこってりしたものは胃に負担がかかる。そこまで配慮した料理を用意してくれたのに、絵真は気づいていた。

「ちょっと待っててね」

絵真が料理を取り分け始めると、友也が思いついたように席を立った。

「あの子、絵真さんのために何か一品作るつもりよ」

紀美子が小声で言った。

カウンターの中で手を動かしていた友也は、丸い皿を持ってじきに戻ると、「はい、ほうれん草の海苔あえ」と、料理名を言ってテーブルの中心に置いた。

「いまのところ、ぼくが作れるのはこのくらいでね」

友也は肩をすくめると、それでも、「ほうれん草を茹でて、手もみした焼き海苔とあえて、だし汁と醤油で味つけしただけ」と、いちおうレシピを紹介した。

「友也さんが自分で考えたの？」

「まあね」

「この子、閃きだけはあるの。簡単だけど、ヘルシーでおいしいのよ」

紀美子は、早速、小皿に盛りつけて絵真に勧めた。

「わたしも今度、作ってみます」

「ほかにも、焼きピーマンの塩昆布あえ、ってのも作れるよ。材料はピーマンと市販の塩昆布だけで、手軽にできる」

「それも作ってみます。わたし、母と二人暮らしで、早く帰ったほうが夕飯のしたくをする決まりになっていて、正直、献立に行き詰まっていたんです」

「じゃあ、やってみなよ。主菜にはならないけど、もう一品ほしいときにはぴったりだよ。

ビールのつまみにもいいしね」

「ほかには何か簡単に作れるもの、ありますか？」

「そうだな。キャベツを茹でて干し桜えびとあえて、溶きがらしで味つけしたのもつまみになるね。桜えびのかわりにしらす干しでもいいし、溶きがらしはレモン醤油で代用できる。キャベツのかわりに白菜でもいい」

「ああ、それも日本酒にいけそう」

若い二人の会話は弾む。

「友也はね、ドイツに留学していたから、あっちのお菓子作りは得意なのよ」

酒のつまみしか教えない友也に焦れたように、笑顔で二人を見ていた紀美子が口を挟んだ。「わたしもつい最近、知ったばかりなの。それまで、この子が話してくれなかったから。シュトレンっていうドイツの伝統的なお菓子なんだけど、絵真さん、知ってる？」

「クリスマスに食べるお菓子ですよね？　パン屋さんで売ってますね。わたしも食べたことがあります」

「そう。ラム酒に漬け込んだドライフルーツやナッツ類を小麦粉などで練った生地に混ぜて、細長い形に焼いて、そこに粉砂糖をまぶすの。このあいだ友也が作ってくれたんだけど、本場仕込みだけあって、本格的な味でおいしかったわ」

「下宿していた家のおばさんから教わったんだよ。おじさんのほうはコーヒー好きでね、彼からはコーヒーの上手ないれ方を教わった」

　そう話す友也の目が輝いている。

「友也さんのシュトレン、お店で出せるじゃないですか」

「そうでしょう？　わたしもそう思って、友也に頼んだんだけど、一度作ってくれたきりで、そのあとはさっぱりなの。シュトレンって日持ちのするお菓子で、シフォンケーキと並んで、うちみたいなお店で出すには最適なお菓子なんだけどね」

「わたしも食べてみたいです。残ってないんですか？」

　日持ちする菓子であれば、保存されているかもしれない。

「それがね、お隣にお裾分けしちゃったのよ」

「美容室ですか？」

　確か、隣に「スター」が店名についた美容室があった。

「それはこっち。お裾分けしたのはお茶屋さん」

と、紀美子は右隣を指し示す。「そこの跡取り娘さんが、日本茶好きのドイツの方と結婚してね。彼、留学生だったんだけど……」

「そのルドルフが故郷を懐かしがって、シュトレンを食べたがったから、残りを全部あげたんだ」

　跡取り娘と結婚したドイツ人の名前を出して、友也が説明で補った。

「そうなんですか」

意外に国際的な商店街だわ、と絵真は思った。「友也さん、また作ってくださいよ」

「わたしもお願いしたんだけど、ほんと、この子は気まぐれでね」

と、紀美子が苦笑する。

「友也さん、気まぐれなんですか？」

「そう、ぼくには気まぐれな神様が取りついているからね」

友也は、冗談とも本気ともつかぬセリフを真顔で言った。

そのひとことが絵真を現実に引き戻した。

「そうだ、飲んでばかりいないで、本題に入らないと」

絵真は、バッグからメモを取り出して、友也に渡すと、「ごめんなさい」と潔く頭を下げた。まずはあやまってしまったほうがいい。

「やっぱり、所詮、素人探偵だったんです。刑事ドラマのようにはいきません。滑り出しが調子よかったので、張り込みなんかもできるかと思ったんだけど、休みの日は雨ばかりで張り込む気力もなくなって。アパートの前に立つのも限界があって、三十分も同じ場所を行ったり来たりしていると、近所のおばさんに『何かご用ですか？』って眉をひそめられるし。一度だけ、ベランダ側の窓を開けた本郷敦子さんを目撃しただけで、部屋から出た彼女を尾行することもできなければ、彼女のバイト先を突き止めることもできませんでした。したがって、彼女がいま誰とつき合っているのか、彼女の交友関係についての情報を得ることはできなかったんです。少なくとも、わたしが張り込んでいたあいだは男の人の出入りはありませんでした。それ以上の情報はなしです」

「かまわないよ」

長々と報告したのに、短くそのひとことで片づけられてしまった。そして、友也は、「これで充分。さすが、絵真さんは優秀な探偵だよ」と、メモの箇条書きを見ただけで賞賛(しょうさん)した。

「手塚優子さんにはつき合っていた人がいた。そういううわさがあったこと。彼女のまわりに『三角関係』という言葉が出るような人間関係が生じていたこと。その二点だけだけど、それで充分なんですか？」

それだけで、真犯人には行き着かなくとも、真相にはたどり着けるのか。

「三角関係というと、手塚優子さんを挟んでの男性二人の三角関係か、あるいは、一人の男性を挟んでの女性二人の三角関係か」

紀美子は、宙にそれぞれ三角形を描くようにして、絵真の言葉のあとを引き取った。

「そこまでは調べられなかったんです」

刑事であれば、そこまで聞き込めたかもしれないが。

「あとのほうだね」

しかし、友也は断定的に言うと、「今夜、降りてきそうだよ」と続けて、二人の女性に交互に視線を投げた。

「本当なの？」

「霊のお告げですか？」

紀美子と絵真は、同時に声を出して確認した。

友也はうなずいて、「その前に、一曲弾く必要がありそうだね」と、日本酒のグラスをテーブルに置いた。

「ドビュッシーですか？」

リクエストできるのであれば、ドビュッシーがいい。月の出ている夜だから、「月の光」あたり。

しかし、弾き始めのメロディは流れるような静かな曲調だったが、「月の光」とは違った。

「絵真さんのために作った曲みたいね」

と、隣で聴いていた紀美子が顔を近づけてきて耳元でささやいた。

——友也さんが作曲したオリジナル曲？

絵真の胸は、友也の奏でる音の強弱に呼応して脈打っていた。

8

翌朝、配達された新聞を広げた紀美子は、社会面の囲み記事に目をとめて、あっ、と声を上げた。

「線路に転落した幼女救出の男性、二年後に名乗り出る」と、見出しにあったからだ。

記事を読み進めると、時期や路線が紀美子の記憶にあるそれと一致する。事故当時、女の子は二歳だったとあり、名前は載っていない。が、救出したという男性の名前は、「市田義之（よしゆき）さん」と実名で出ており、年齢は二十八歳とある。飲食店に勤務しているという。

記事は、「女の子の家族は『命の恩人』を独自に探していたが、思いが届いて、ついに市田さんにたどり着いた。市田さんは救出の際に左腕を骨折する怪我を負ったが、そのときには気づかず、翌日あまりの痛みに病院に行ってはじめて骨折に気づいたという。『それだけ夢中だったんですね』と話しており、探し出されなければ名乗り出る気はなかったと言っている」と続いていて、「このほど、女の子の母親と祖母から市田さんに治療費の名目で、謝礼が渡された。A警察署も市田さんに感謝状を授与する予定でいる」と締めくくられていた。

「ひどい、偽者じゃないの。うそつき！」

と、紀美子は、大きな声でひとりごとを発した。

「何が偽者なの？　うそつきなの？」

三階から降りて来た友也が、二階のダイニングキッチンをのぞいた。遅めの夕食は一階の店内でまかない食を一緒に、遅めのランチは手のあいたときにそれぞれ店内あるいは外で、朝食は二階のダイニングキッチンで一緒に、と生活スタイルは確立されている。

「これ、見てよ」

憤りを覚えながら、紀美子は広げた新聞を指差した。

「ああ、それなら、さっきネットで読んだ」

友也は、寝癖のついた髪の毛を長い指でかきあげながら応じて、大きなあくびをした。

「何のんきな顔してるの？　腹が立たないの？　女の子を助けたのはこの男じゃない。友也、あなたなのよ」

「続けて女の子が線路に転落したんだろう」

「本気で言ってるの？」

「いいじゃないか。まあまあ、そんなにカッカしないで」

と、怒りを鎮めるように両手を波打たせると、友也はダイニングテーブルの自席に座った。手を伸ばせば届く位置に、コーヒーメーカーがある。

「独自に探していたって、どう探していたのかしら」

「さあ、どうだろう」

関心なさそうに言って、友也は、自分のマグカップにコーヒーを注いで飲み始めたが、

「ああ、やっぱり、味に限界があるね。ネルドリップのほうがいい」と、改めて言って顔をしかめる。

「朝はそれでいいの」

コーヒーの味にこだわっている友也に苛立って、「謝礼って、どのくらいだと思う？」

と、紀美子は質問を変えた。そこにも興味が惹かれた。

「治療費の名目っていうから、十万円が相場じゃない？」

その質問にはきちんと答えたので、関心が向いているうちにと紀美子は身を乗り出した。

「市田って男が、うそをついてまで名乗り出たのはなぜ？」

「まとまった金がほしかったからだろうね」

「でも、こんなふうにマスコミに名前を出したら、本物、つまりあなたに知られる可能性もあって危険なわけよね」

「いまさら名乗り出ないだろう、と楽観しているんだろう。まあ、ぼくは名乗り出るつもりはさらさらないけどね」

「こうやって全国紙に載ると反響は大きいわ。それだけ世に知られてしまうのに罪悪感はないのかしら」

「反響が大きいといっても、これが最初で最後だろう。それがわかっているから、顔出ししたのかもしれない」

「どういうこと？」

友也お得意の推理能力を発揮する場に出会えて、こんな状況なのに、紀美子の気持ちは少しだけ弾んだ。

「二年前に二歳だった女の子は、いまは四歳。幼稚園児くらいだよね。二歳当時の記憶はもう失われている可能性が高い。保護者もまわりの大人も、怖い記憶を彼女の中から掘り起こさないように細心の注意を払っているはずだよ。だから、女の子の名前も母親や祖母の名前も一切出していない。したがって、この話題が公に取り上げられるのもこれが最初で最後って意味だよ」

「警察が感謝状を贈るそうだけど」

「話が大きくなって、偽者――いや、市田って男もあわてただろうけど、事件の容疑者じゃないから、警察が二年前の地下鉄ホームでの目撃者を探し出したり、聞き込みしたりはしない。防犯カメラの映像だってもう残ってないだろう。感謝状を贈られて、いっときは気まずいかもしれないけど、それが終わればセレモニーはもう何もない」

「十万円をだまし取って終わり、つまり、詐欺罪ってことね」

「ばれればね。だけど、ばれるおそれはない、と市田もわかっているんだろう。彼は、あのときホームにいた目撃者の一人だったかもしれない。連れはいなかった。怪我をしたのがその日かそれ以降かわからないけど、怪我をしたときも一人だったんだろう。怪我の程度がどんなだったのか、どういう治療をしたのか、まさか医師のところまで聞き込みに行くやつはいないだろう。骨折のほかにすり傷を作ったと言って、出血したふりをすれば、簡単に人はだませる。これで一件落着。これ以上の取材はない。そうわかったから、取材に応じたんじゃないかな」

「女の子の家族は、どうやって市田に行き着いたのかしら。独自に探していた、ってあるけど、毎日、事故が起きた時間帯に、地下鉄の同じ駅に行って、身長百七十センチでやせ型の二十代くらいの男に、片っ端から声をかけて確認したのかしら」

「まさか」

友也は、ぷっと噴き出した。「それって、大海に浮かぶ木の葉一枚を探すような、気が遠くなるような作業だよ。おそらく、偶然、うわさを聞きつけたんだろうね。事故の起きた日時。地下鉄の駅。身体のどこかに負った怪我。三つの条件が揃（そろ）った人間がいる。そういううわさが巡り巡って家族の耳に入ったんだろう。それで、うわさの出所を突き止めたら、最終的に市田に行き着いた。そういう流れだと思うね」

「口コミの力は、お店の霊界ポストでわかっているつもりだけど、ただぼんやりしていて、都合よくそういううわさが耳に入ってくるものかしら」

能動的に働きかけたのではないか。

「記事には、女の子の母親だけじゃなくて、祖母のことが書かれている。それが気になるね」

「父親の存在が感じられないから？」

「いや、あえて父親の存在は消しているのかもしれない。事故が起きたとき、その場にいたのが母親だったから、母親だけが表に出ているんだろう。この祖母ってのが夫の母親、すなわち姑だとすると、嫁姑で序列が生じる。記事全体から祖母が主導権を握っていて、祖母サイドのルートで恩人を探し出した。そんな感じを受けるね」

「へーえ、友也はそこまで推理できるの。もっとも、一緒にいた母親が目を離した隙に女の子が線路に落ちたわけだから、あとで夫や姑に責められたかもね。そこでも、力関係ははっきりしてるわ」

「母親と祖母じゃ、祖母のほうが人生経験は長い。それだけ顔が広いってわけさ。それに、何だか宗教の匂いもする」

「宗教の匂い？」

「そもそも、命の恩人を探し出したら、内輪で男にお礼を言い、治療費として謝礼を渡せば、それですむことじゃないか。それなのに、こうして新聞に記事として載っている。それは、誰かがリークしたってことだろう。男か家族か。二年間名乗り出なかったのだから、男じゃないね。女の子の家族がマスコミにリーク、いや、この場合は、倫理的にいい情報として売り込んだんだろうね。そこに、何か売名行為のようなもの、広報活動的なものを感じないか？　行動自体にひどく年寄りくささを感じるしね」

「だから、祖母が関与していると？」

「まあね」

「それで、祖母が何かしらの宗教活動をしていると？」

「うわさの出所は、同じ宗教活動をしている仲間からかもしれない」

「なるほどね」

そこまで推理を展開させられる友也に感心して、「いっそのこと、友也、あなたが『本物はぼくです』って名乗り出れば？」とまぜっかえすと、

「それはもうどうでもいいよ」

すかさず、友也は話題を切り替えた。「それより、降りてきたんだよ」と、右手で天井を指し示す。

「まさか、天から啓示が？　霊のお告げが？」

声を裏返らせた紀美子に、

「ほら」

友也は、ジャージのポケットから折りたたまれた紙を取り出すと、紀美子に渡した。

「友也が書いたの？　ううん、書かせられたの？」
紀美子は、おそるおそる紙を広げた。明らかにふだんの友也の筆跡とは違う乙女チック
な文字が並んでいる。
文面を読んで、紀美子は生唾（なまつば）を呑（の）み込んだ。
「これって……」
衝撃的な内容だった。
だが、それに触れる前に、
「友也、昨日の夜、絵真さんのためにオリジナルの曲を弾いてあげたわよね。前回は演奏
したときの意識がなかったみたいだけど、あのときもやっぱり、聴いたことのないオリジ
ナルの曲だった。もしかして、友也が手紙を読んだあと、自分で作曲したオリジナル曲を
演奏するという手順を踏めば、天から啓示がもたらされるんじゃないのかしら」
紀美子は、思いついたことを率直にぶつけてみた。一定の手順——法則のようなものが
見つかれば、今後、霊界ポストに投函されたどの手紙にも、友也の指を通して天から返信
がくるかもしれない。そんなふうに考えたのだ。
「そうかもしれないし、そうじゃないかもしれない」
と、友也は突き放すように答えて、ため息をついた。「神様は気まぐれなんでね」

9

「人の道実践会」

と、絵真は、小冊子の表紙の黒い文字を読んだ。どうにも硬い感じのする響きだ。この会に所属する二十八歳の市田義之という男性が、二年前に線路に転落した女の子を救出した英雄なのだという。

「うそばっかり」

そう吐き捨てて、小冊子をテーブルに投げ置いた。

「どうしたの？」

ちょうどそこへ、風呂（ふろ）から万里子が上がって来た。黄色いパジャマを着た万里子は、髪の毛を洗ったのか、タオルで頭をくるんでいる。

「あら、それ」

タオルで頭を拭（ふ）く手をとめて、万里子が小冊子に目をやった。

「お母さん、知ってるの？」

「会の名前くらいはね。早起き集会みたいなのを開いている会でしょう？　会員の女性たちがよく住宅街を歩いて、一軒一軒呼び鈴を押しては、玄関先まで出て来た人に配布してるわね」

「じゃあ、うちにも？」

「ううん、うちは前に一度インターフォンで断ったから、それ以来ないけど」

やっぱり、そうか。「人の道実践会」の広報誌を兼ねた小冊子は、会社の先輩、高畑さんから借りたものだった。絵真が昼休みに新聞で読んだ市田義之の話題を出したら、高畑さんが「その人だったら、毎月うちの郵便ポストに入ってる小冊子に載ってたわ。ほら、宗教団体のＰＲ誌みたいなのがあるでしょう？」と反応し、読みたがった絵真に「じゃあ、探して持って来るわね」と言ってくれたのだった。

高畑さんは「人の道実践会」の会員というわけではなく、単純に書物や雑誌に興味があり、提示されたら目を通さずにはいられない性分らしい。絵真が思うに、高畑さんは典型的な活字中毒だ。

「どうして、あなたがそんなの持ってるの？　会員になるつもりじゃないでしょうね」

「まさか」

早起きは苦手だ。

「地下鉄のホームから線路に転落した女の子を助けた男性がいたんだけど、当時は名乗り出なかったくせに、二年もたってから『ぼくです』って名乗り出て、それがここの会員で、派手に取り上げられているのよ」

絵真は、写真の載ったページを開いた。

「ああ、その記事、新聞に載ってたわね。その人、ここの会員だったの。それじゃ、いい宣伝材料になるわね」

と、万里子は小冊子を手に取って読み上げる。「『市田義之さんは、小さいころから両親に連れられて、朝の集会に欠かさず参加していました。電車に乗ると、お年寄りには必ず席を譲るようなやさしい子で、二人の弟や下級生たちの面倒もよく見る子でした、と母親の恒子(つねこ)さんは話しています。地域の清掃活動にも熱心に参加し、少年野球チームでも活躍されていました』ですって。いわゆる、いい子だったのね」

「この男が？」

声を張り上げて、絵真は写真をのぞきこんだ。二重顎の鼻の穴を膨(ふく)らませた男が、スーツを着て胸にコサージュをつけた年配の女性から表彰状を渡されている。

「うそくさい」

「人を外見で判断するものじゃないわ」

「だって……」

うそだもの、偽者だもの、という言葉を絵真は呑み込んだ。女の子を救出したのが友也だったことは絶対に誰にもしゃべらない、と友也と紀美子に約束したのである。

「女の子を助けた男性の名前は出ているけれど、助けられた女の子も、その家族も匿名(とくめい)になっているわね。個人情報を保護する形で、女の子や家族のほうは名前を出さないのかもね。女の子は、いつまでも話題にされたくはないだろうし。あら、でも、こっちのほうも会員みたい。『祖母のA子さんも長年、Cブロックの責任者として活動を続けてきて』って書かれているから」

と、読み進めた万里子が胸をつかれた表情になった。

新聞記事からはわからなかったが、この小冊子を読んで、絵真もはじめて両者が「人の道実践会」の会員であることに気づいたのだった。とすると、マスコミに情報を流したのも会の可能性が高い。どれだけ勇敢な会員がいるのかを世間にアピールする場になったわけだから、会の広報活動の一環ととらえることもできる。

「『いままで名乗り出なかったのは、「人の道実践会」の教え――親切を惜しまず、見返りを求めない――に忠実になろうと思ったからでもありました。女の子を助けたことで英雄のように見られるのは嫌だったし、何らかの見返りがほしいと思われるのも嫌でした』ともあるわね」

万里子は、勇気ある行動を地区で表彰されたという市田義之の言葉を続けて読んだ。

「この人が、女の子を助けた本人だという証拠はあるのかしら」

「証拠？」

「駅の防犯カメラに映っていたとか、ホームのどこかに指紋が残っていたとか、目撃者が証言したとか」

「悪いことをした人じゃないのよ。そんな犯罪捜査みたいなまね、するわけないいじゃない」

「でしょう？」

わが意を得たり、といった勢いで、絵真は切り込んだ。「証拠がいらないんだったら、誰でも名乗り出られるじゃないの。『わたしが助けました』って。背格好や年齢が似てさえいればいいんだから」

「確か、謝礼を受け取ったんだったわね。じゃあ、お金ほしさにこの男性がうそをついたと言うの？」

「あるいは、優柔不断な態度につけこまれて、強引に担ぎ出されたか。大体、二年もたってから名乗り出るなんておかしくない？　名乗り出ないつもりなら、その意志を押し通すべきよ。それに、怪我だっておかしい。腕を骨折したなんて大げさな。治療をした医者を探し出して、どんな怪我だったか、くわしく聞いてみたらボロが出るかもしれないわ」

「どうしたの？　絵真、ずいぶん厳しいわね。まるで、女の子を助けた人を知ってるみたい」

「まさか」

口が滑ってしまった。言い過ぎた。

「危険を顧みずに人助けをするヒーローは、とことんカッコよくあってほしい。イケメンであってほしい。そういう個人的な願望の表れね」

笑いでごまかすと、

「そういうことなの」

万里子は、呆れたように肩をすくめると、居間の鏡に向かってドライヤーで髪を乾かし始めた。が、すぐにドライヤーをとめて、こちらに顔を振り向けた。「誰か好きな人でもできたの？」

「どうして？」

ドキッとする。勘づかれたのか。

「昨日、山口から絵手紙が届いたでしょう？　おばあちゃんの庭、薔薇なんて植えてないのに薔薇の絵だったじゃない。しかも、そこに『そろそろバラ色？』って書かれてたわ」

そうか、それを見られたのか。寿美子から届いた最新の絵手紙には、オシドリを想起させるような形に二輪の真紅の薔薇が描かれていた。

「おばあちゃんと恋の話でもしたのかな、と思って」

「そんな話、しないわよ」

「それに、このあいだ、帰りが遅かったじゃない」

「ああ、あれは飲み会があって」

「そう。あなた、あんまりつき合いがいいほうじゃなかったから。ほら、休みのたびにどこかに出かけてもいたし」

探偵ごっこ、をしていたときのことだろう。

「おつき合いするような人ができたら、ちゃんとお母さんにも紹介するから」

それは本心なので、そう言って母親をひとまずは安心させておく。

「期待して待ってるわ」

万里子は微笑むと、ふたたび髪にドライヤーの熱風を当て始めた。

絵真は、二階の自室へ行った。すでに心は決まっている。ノートパソコンをつけて、文書作成の用意を整える。

——この男は偽者です。女の子を救出した男性とは別人です。

友也と紀美子。その二人以外は自分だけがその事実を知っていて、ほかは誰も知らない。そのことに耐えられずに、どうしたら真実を世の中に訴えられるだろう、と考えた。思案した結果、牧野友也の名前は出さずに、市田義之が偽者であるという事実だけをマスコミに知らせればいいのでは、という結論に到達したのだ。

＊

線路に転落した女の子を救出したのは、市田義之さんではありません。

別の二十九歳の男性です。わたしは彼を知っています。

彼は当時も現在も名乗り出るつもりはないそうです。救出した際に手に怪我はしましたが、骨折ではありません。

市田義之さんには何の恨みもありませんが、ただ真実をお伝えしたくて筆をとりました。

＊

記事が載っていた新聞社用に簡単な文書を作成したあと、ふと考えて、もう一通、「人の道実践会」にあてて文書を作ることにした。

文面をあらためてから封筒に入れる。もちろん、差出人の名前は書かない。

——こちらの名前を記さないかぎり、相手にされないかもしれない。

そういう不安な気持ちもあったが、何よりも友也の名誉を守るために、彼の尊い行動を称えるために、絵真は書かずにはいられなかったのだ。

明日、会社の近くから投函しよう。二通の手紙をバッグにしまい、絵真は深いため息をついた。

「喫茶ポスト」で打ち上げと称して食べて飲んだ夜、友也と二人で夜道をデートできるものと期待していたのに、彼が送ってくれたのはけやきの大木のある商店街の端までで、そこで手を上げてタクシーをとめると、絵真を後部シートに滑り込ませて、「高円寺までお願いします」と運転手に告げたのだった。ドアが閉まる前に、「これ、交通費とタクシー代」と、タイミングよくかつスマートに絵真に封筒を渡して。

絵真の計算だと、「喫茶ポスト」から高円寺の自宅までは、歩いても四十分程度のはずだった。

――二人であれば、そのくらいの距離は全然長さを感じずに、楽しく歩けたのに。送り狼（おおかみ）になっても、わたしはかまわなかったのに……。

より親しくなれる機会を失った。そんな気がして、残念でならないのだった。

10

絵真は、胸を高鳴らせながら、「喫茶ポスト」の二階のダイニングルームにいる。ここは、紀美子が住まいとしているフロアで、この上の三階が友也の居住スペースだという。

一人だけ二階で待機するように言われて、ダイニングテーブルの椅子に座っている。階下には友也と紀美子がいる。

本郷敦子が来店したら、壁に取りつけられたインターフォンのスイッチを押すように紀美子に言われている。それで階下の話し声が拾える。

新聞社と「人の道実践会」に手紙を送ってから三日が過ぎた。

二通とも先方に届いているはずだが、反応はまだない。もっとも、差出人名を書かなかったのだから、絵真あてに返事がくるはずがない。反応があったとしても、確かめようがないのだ。

だが、湖に小石を投げ込んだのだから、必ず、何かしらの波紋は生じる。そういう確信はあった。

そんなとき、友也からメールがきて、絵真の心は弾んだ。

「思ったとおり、あの晩、ぼくの身体に変化がありました。霊に取りつかれて、霊に右手の指を操られて、女の子らしい文字を書かされました。つまり、霊界から本郷敦子あてに返信があったというわけです。早速、彼女に返事を送りました。すると、すぐに彼女から連絡があり、こちらに来たいと言うのです。今回の件では、絵真さんにも大変お世話になりました。つきましては、ぜひ、あなたにも立ち会ってほしいのです。かなりドラマチックな展開になりそうな予感がするので。ただし、あなたは姿を見せないほうがいいと思います」

立ち会ってほしいが姿を見せないほうがいいとは、どういう意味だろうか。

俄然（がぜん）、絵真は興味を惹かれた。立ち会わずにはいられない。

立ち会い日に指定されたのは、「喫茶ポスト」の休業日の木曜日の夜だった。指定された七時に着くように行くと、本郷敦子には三十分ずらした時間を指定しているという。

「返信の内容は？」と問うた絵真に、「彼女が来たらわかりますよ」と友也が返した。傍らにいた紀美子の「わたしは読ませてもらったけど、かなり衝撃的な内容よ」という言葉に、絵真は期待で胸がはち切れそうになった。

　期待もしているが、緊張もしている。本郷敦子は、天国の殺された友人にあてて、犯人は誰なのか、犯人を知る手がかりはないのかを問う手紙を書いたのである。返信があったということは、殺された手塚優子の霊が友也に取りついて、無念さとともに事件に関する何かしらの情報を、その指を使って書かせたということではないのか。

――真犯人には行き着かないかもしれない。だが、真相にはたどり着けるかもしれない。

　その意味もまもなくわかるのだろうか。

　緊張しすぎて、呼吸をするのを忘れていた。ふう、と大きく息を吸って、はあ、と大きく吐く。

　その瞬間、階下で「いらっしゃいませ」と、来客を迎える紀美子の朗らかな声が上がった。

　静かに壁に近づいて、インターフォンのスイッチを押す。

「ようこそ」と、友也のよく通る声も上がったが、女性が応答する声は聞こえない。挨拶もなしということだ。

——どうしたのだろう。

耳を澄ませた途端、「何ですか、これは」と、若い女性の怒声が上がった。

本郷敦子の声なのだろう。思いのほか、きんきん響く高い声だ。

「まあ、落ち着いてください。何かお飲み物をお持ちしましょう」

紀美子が言い、椅子を引く音が続いた。

しばらく沈黙があった。

テーブルに飲み物が運ばれたのだろう。「どうぞ。今日は外、肌寒かったでしょう?」

と、紀美子が飲み物を勧めている。その様子は見えないが、雰囲気から飲み物がホットココアであると察せられた。冷めかかってはいるが、絵真の前のテーブルにも紀美子が用意してくれたココアが置かれている。

「いただきます」

少し気分が落ち着いたのか、本郷敦子が静かに言った。

またしばらく沈黙が続いたのちに、口火を切ったのは本郷敦子だった。

「あの手紙、誰が書いたんですか?」

「天国にいる、あなたの友達の手塚優子さんですよ」

答えたのは友也だ。おそらく、天を指し示すしぐさをしたのだろう。

「死んだ優子に手紙が書けるはずないでしょう?」

「書いたのは優子さんではありません」

答えたのは、今度は紀美子だ。

「じゃあ、誰ですか？」

「それは……」

紀美子が口ごもると、

「企業秘密です」

と、あとを引き取って友也が答えた。「あなたは、天国から返事がほしくて、霊界ポストに手紙を投函したんですよね」

「それはそうだけど……」

「それなのに、返事がきたらきたで何だか怒っている。このあいだは、自分の手紙にはまだ返事はこないのか、と催促しに来たじゃないですか」

「だけど、こんな返事なんて……」

「内容が気に入らないのですか？」

友也が受けて、彼のため息がそれに続いた。「そう言われても、殺された手塚優子さん本人がそう書かせたんだから、仕方ないでしょう」

「やっぱり、そうなんですね。霊能者か霊媒師のような人がいて、その人が霊の言葉を代弁するとうそをついて、こんなでたらめを書いたんですね」

「でたらめ、と決めつけるのはおかしいわ」

友也と本郷敦子のやり取りを見守っていたであろう紀美子が、穏やかな口調で割り込んだ。「手紙の筆跡はどうだった？ お友達の優子さんの字だったでしょう？」

「それは……見憶えのある彼女の字でした。読んだ瞬間、すごくびっくりして……。でも、だって……」

死んだ友達の筆跡と同じと認めはしたが、だいぶ混乱しているようだ。

無理もない。絵真にしても、手紙を見た山口の祖母が、何の疑いもなく亡くなった祖父の字だと認めたとき、信じがたい思いに襲われたものだ。

「お友達の返信を読んであげて」

紀美子の指示に従いたくないのか、本郷敦子の声が聞こえてこない。

「読めないのなら、紀美さんにかわりに読んでもらいましょう」と、友也。

それに対しての反応もない。

「それじゃ」と紀美子が受けて、小さく咳払いをした。

絵真の心臓がびくんと脈打った。

「『敦子、どうしてわたしを殺そうとしたの？ すごく怖かった。いまでも怖い。ここでもまだわたしは震えている。わたしのことが本当は嫌いだったの？』というのが、亡くなった手塚優子さんからの返事です」

わずかに声のトーンを上げて読み終えると、紀美子は吐息を漏らした。

絵真も息が漏れないように口元を手で押さえた。予想もしなかった内容で胸がドキドキしている。

——本郷敦子が親友であるはずの手塚優子を殺そうとした？

では、真犯人はいま階下にいる本郷敦子なのか……。

「うそよ！」

と、本郷敦子が叫んだ。「わたしがなぜ、優子を殺さなければいけないの？　わたし、殺してなんかいない」

——そうよ、彼女が犯人であるはずがない。だって、遺体には性的暴行を受けた形跡があったというし……。

絵真も混乱に陥（おちい）り、もやもやした雑念を追い払うように頭を振った。

「そう、あなたは優子さんを殺さなかったかもしれない。だが、一度は殺そうとして手をかけた。違いますか？」

友也が追及する。彼の言葉には揺るぎない自信がこめられているように、絵真の耳には響く。

「そうでしょう？　わたし、殺してなんかいないもの。そうよね？　わたし、殺してなんかいないよね」

興奮した口調の本郷敦子は、ひとりごとのように言う。

――話がかみ合っていない。

絵真は、友也と本郷敦子のやり取りを奇妙に感じた。

「わたしは、殺された優子に、天国から犯人を教えてほしい、手がかりになるようなことを教えてほしい、と頼んだんです。一刻も早く警察に犯人を捕まえてほしくて、霊界ポストに二度も投函したんじゃないですか。返事を書くなら、その質問に対する返事をよこすべきです」

「犯人がわからなかったから、優子さんは書けなかったのですよ。でも、事件に至るまでの流れを知るための手がかりは、こうして教えてくれています。優子さんは、あなたのことを怖がっています。いまでもまだ震えています。なぜ、あなたは優子さんを殺そうとしたのですか?」

「だから、違うと言ってるじゃないですか。わたしは殺していません。心の底から優子のことを思っているから、こうしてこんなところまで来て、霊界ポストに手紙を出すなんていうバカバカしいことをしたんじゃないですか」

「それは、殺された優子さんの無念さに共感する親友を装うため、そして、自分自身の不安を紛らわせるため、ですよね? あなただって、真実を知りたくてたまらなかったはずです」

友也の切り込むような言葉に本郷敦子が凍りついたようになったのが、インターフォンを通じて絵真に伝わってきた。

──彼女自身の不安って何だろう。

絵真は、いまや本郷敦子のではなく、独自の推理を展開しようとする友也の言葉を拾うのに熱中していた。

「事件が起きた日、あなたは、優子さんと彼女の部屋で会っていた、そう言いましたよね」

友也が質問する。返事はなかったから、本郷敦子はうなずいただけかもしれない。

「そこで、彼女とのあいだに口論があったんじゃないですか？」

「どうして、そんな……」

受け答える本郷敦子の声に怯えが生じている。

「たとえば、一人の男性を巡って口論になったとか」

「誰のことですか？」

「さあ、それはわかりません」

「わからない？　推量でものを言ってるんですか？　失礼じゃないですか」

ひるんだと思った本郷敦子が開き直った。

「たぶん、そのあたりは警察もきちんと捜査したんでしょう。若い女性が殺されたら、まず調べるのは交友関係ですからね。優子さんにおつき合いしていた男性がいたとして、彼は容疑者からは除外されているのでしょう。事件からすでに半年はたっていますからね。あなたのもとにも刑事が聞き込みに来たかもしれませんが、同様に、あなたのほうもアリバイが成立して、疑いは晴れたのでしょう」

「だから、わたしは殺していない、って言ってるでしょう？　何度言ったらわかるの？」

と、本郷敦子は苛立ったように大きな声を発した。

「では、彼女の家で口論になったことは認めるのですね？」

仕切り直しましょう、というふうに、深呼吸の音をさせてから、友也は穏やかに言った。

「口げんかくらいしたことがあったのは認めます」

と、本郷敦子は言った。

「その日も優子さんの部屋で、口論に、いや、口げんかをしたのでしょう。男性一人を巡って」

「それは……」

本郷敦子が遮ったのを、

「この子の推理、最後まで黙って聞いてみませんか？」

と、紀美子もまた穏やかな口調で提案した。

少し間があって、友也が話を始める。

「おそらく、発端は他愛もないことだったかもしれませんね。たとえば、合コンをして、たまたま同じ男性をあなたも優子さんも気に入ったとか、バイト先の飲食店で知り合った男性を同時に好きになったとか。あなたのほうが先に男性に誘われて、一度くらいはデートしたのかもしれません。でも、その後、彼が優子さんも誘ったとしたら、そして、彼が優子さんのほうをより気に入ったとしたら、あなたは面白くないでしょうね。だけど、そういう関係も一時的なもので、濃密な関係に陥らないうちに消滅してしまったかもしれません。少なくとも、いまはもう彼との関係は切れているのでは？　とにもかくにも、事件の前は、一人の男性を巡る二人の女性という三角関係にあった。違いますか？」

それは、わたしが入手した情報だ、と絵真はハッと胸をつかれた。運よく一度の聞き込みで、女子学生のグループから仕入れた情報である。

「優子さんの部屋で、一人の男性を巡って口論になったあなたは、激昂して優子さんの首を絞めたのではありませんか？　おそらく、急に後ろから絞めたのでしょう。前からであれば、抵抗するだけの時間はありますからね」

――首を絞めた？

絵真は、脳裏にその場面を想像しながら、事件を報じる新聞記事を思い起こした。手塚優子は紐状のもので絞殺されており、着衣は乱れ、暴行された跡があったという。死因が絞殺だとすると、首を絞めたという本郷敦子の行動はどうかかわるのか。

「わたしは殺していない。わたしじゃない、わたしが殺ったんじゃない」

黙って静かに聞くつもりでいた本郷敦子が弱々しく言った。

「ええ、そうです。殺したのはあなたじゃありません」

あなたじゃない、と言われてホッとしたのだろう。その言葉に脱力したかのように、本郷敦子はすすり泣きを始めた。

泣き声が弱くなるのを待って、友也は、ふたたび推理を語った。

「だけど、一瞬でも強く友達の細い首を絞めたあなたは、われに返ってびっくりしたのではないですか？　その場に倒れた彼女を見て、殺してしまった、と思ったのでしょう。その華奢な身体です。短時間で人を絞め殺すほどの指の力はないはずなのに、そういう経験がはじめてだったあなたは、彼女を殺してしまったと思った。死んだかどうか確かめるのも怖かった。それで、そこから逃げ出したんです」

あたかもその場に居合わせたかのように、いや、その場を空から俯瞰していたかのように語る友也に、絵真は度肝を抜かれてしまっていた。言い返せずにいる本郷敦子の姿が、彼の言葉を真実だと認めている気がした。

「したがって、玄関のドアは施錠されないままだったんです。さて、首を絞められて一時的に気を失った優子さんは、どうしたでしょう。気がついたとき、頭がぼうっとしていて、何が起きたのか把握するまでに時間がかかったかもしれませんね。だから、玄関のドアの鍵が閉まっていないことになど思いが至らなかった。あなたに首を絞められたことは思い出したのでしょう。しかし、すぐに行動は起こさなかった。彼女もまた、あなたに投げた何らかのひどい言葉、暴言のようなものを思い起こして反省していたのかもしれません」

「どういうことか、まったくわかりません」

本郷敦子は、友也の言葉を排除するかのように叫ぶように言った。

「真実を見つめるのはつらいですか？　でも、もう少し我慢して聞いてください。鍵の開いた部屋に女性が一人でいる。それは、かなり危険な状態です。昔、ドイツでこんな事件がありました。休日、ある男が建ち並ぶアパートの部屋の施錠を片っ端から確かめて歩いた。大抵の部屋は鍵がかかっていました。中に施錠されていない部屋があっても、のぞいたら犬がいたり、男がいたりすると、あわてて逃げる。そして、ある施錠されていない部屋に到達し、中を見たら薄着の若い女性がいた。逮捕されたあとで、男はこう言ったそうです。『襲うつもりはなかった。ドアが施錠されているか否か、確認するゲームのつもりだった。もちろん、閉まったドアを壊してまで侵入するつもりはなかった。ところが、鍵がかかってなくて、部屋の中に一人でいる若い女性を見たら、ついムラムラして襲いかかってしまった』とね。女性は男に襲われ、乱暴され、絞殺されました」

「そんな怖い話、やめてください」

恐怖で顔をひきつらせた本郷敦子の顔が、絵真には見える気がした。

「あなたには聞く義務があります」

と、友也は動じずに話を続ける。「あの日、同じような狂気を秘めた男が、優子さんの部屋の前にも現れたんです。鍵のかかっていないドアを開けて、中に一人でいた優子さんを見つけて襲いかかり、乱暴して、近くにあった紐で絞め殺した。いや、殺してから遺体に乱暴したのかもしれません。この新聞記事からはわかりませんからね。いずれにしても、検死と司法解剖の結果、生前の暴行か否かがわかります。遺留物や遺体に付着していた精液や体液などから、犯人も特定されます。三角関係にあった彼が除外されたとしたら、彼のものとは合致しなかったんでしょう。現在に至るまでに彼の逮捕に及んでいないということは、彼が容疑者ではないからです。しかし、あなたは心配だったでしょう。交友関係のもつれから犯罪は起きやすいですからね。彼が犯人ではないか、と気が気ではなかったかもしれない。怖くて連絡がとれなくて、そのまま疎遠になってしまったのではないですか？」

そこまで無言で聞いていた本郷敦子が、突然、号泣した。

——自分がうっかりとった軽率な行動が友達の死につながった。それを知って、罪悪感にさいなまれているのだろうか。

絵真は、そんなふうに彼女の心中を推測したが、友也の推理がすべて当たっているとはかぎらない。彼の推理もまた、部分的には憶測でしかない。

「警察は、被害者の交友関係について、関係者にはひととおり事情聴取などをしますが、余計な情報は与えないでいるものです」

推理小説が好きな友也は、警察の組織や捜査についてもくわしい。どこかで取材したことがあるのだろうか。

「あなたは、事件を報じる新聞記事からだけではわからないことが多すぎて、不安に駆られて仕方なかった。違いますか？　自分が絞めた指の跡が彼女の首に残っていたのではないかとか、自分が首を絞めたことが致命傷につながったのではないかとか、彼女が息を引き取る前に、友達に首を絞められたことを犯人に言ったのではないかとか、いろんなことが頭に浮かんで心配でならなくなった。怖くてたまらなくなった。実際には、あなたの指の力などたいしたことはなくて、跡も残らなければ、残ったとしても、男が力いっぱい絞めた紐の跡でわからなくなっていたはずです。ところが、あなたは安心できない。一瞬でも、自分の中に生じた殺意をあなた自身が知っているからです。殺意がばれるのではないか、という点もあなたは非常に怖れたのでしょう。少しでもいい。安心がほしかった。もし、本当に死んだ人の声を代筆できる霊能者や霊媒師のような人がいるのだったら、その人に霊界に行って優子さんの声を聞いて来てほしい。半ば本気で、そう望んだのでしょう。首をひねる人もいるかもしれませんが、恐怖や不安で頭がいっぱいになっている人は、救済を切実に望んでいるものなのです。それに、もし、また警察が事情を聞きに来ても、

『殺された友達にあてて手紙を書いて霊界ポストに投函しました』と言えば、そんな少女っぽい幼稚な言動が目くらましになって、警察に疑われることはないと踏んだのでしょう。そして、何よりも、あなた自身も真相が知りたかった。もし、この世に死んだ人の声を代筆できる人が本当に存在するならば、その人から真実を聞き出したい、死んだ人の本音を知りたい、真犯人を知りたい、そう思ったのでしょう」

友也がよどみない口調で語り終えると、

「お水をどうぞ」

と、紀美子が客人にグラスの水を勧めた。本郷敦子の唇の乾きに気づいたのだろう。

「それで、誰が書いたんですか?」

水を飲む気配がしたあと、本郷敦子の質問の声が久々に耳に入った。「誰が優子の代筆をしたんですか? そういう能力のある方がこちらにいるのですよね」

友也も紀美子も黙っている。

「二人のうちのどっちですか?」

そう問う彼女の口調が険しくなった。

「上にいます」

と、友也が答えた。

——上って、わたしのこと?

絵真の心臓は跳ね上がった。

「さあ、降りて来てください」

インターフォンに口を近づけたのだろう。友也の声が大きくなった。

11

──どうしよう。

わたしを霊能者とか霊媒師に仕立て上げるつもりなのか。ひどいじゃないの。狼狽したものの、躊躇している暇はない。「上にいるんですね。来ないなら、わたしが行きます」という本郷敦子の声が聞こえたからだ。

しかし、事件の裏に隠された意外な真実を知って、別の興味もわいてきている。同じ女性として、本郷敦子が抱えている深い心の闇をもっとのぞき見たい気持ちが生じたのだ。

とりあえず、変装しよう、と絵真は思った。街中で本郷敦子とすれ違っても気づかれない程度に。ふと見ると、キッチンカウンターの上に薄い色のついた眼鏡があった。サングラスか。

眼鏡をかけると、頭がくらくらした。どうやら老眼鏡らしい。絵真が要りようになるのはまだだいぶ先だ。

壁に紫色のショールもかかっていた。それも取って、肩にふわりとはおる。万里子もそうだが、五十を過ぎた女はなぜかラメ入りのものが好きだ。このショールにも銀色のラメが散っている。紀美子も光りものが好みなのだろう。

壁の鏡に映して、これでいいわ、と声に出して自分を鼓舞(こぶ)した。これで、変装したことになるだろう。

階段を踏みはずさないように注意して、階下へ行く。

三人の視線が絵真に注がれる。

「こんにちは」と、できるだけ軽い口調で挨拶した。

紀美子の目が大きく見開かれ、口をすぼめぎみにした友也が、必死に笑いをこらえているのがわかる。

「あなたが霊媒師の方ですか?」

本郷敦子が席を立った。小柄で華奢な身体つきの女性だ。

「自分ではそんなふうに名乗ってはいません」

と、絵真は言った。

小柄な本郷敦子は、大柄な絵真を巨大な仏像でも見るような目で見ている。

「何て名前ですか?」

本郷敦子に尋ねられ、名乗る予定のなかった絵真は言葉に詰まった。

「カトリーヌさんです」

と、勝手に友也が命名した。カトリーヌって占い師みたいじゃないの、と心の中で絵真は文句を言った。

「じゃあ、カトリーヌさんもこちらに」

紀美子が口にしにくそうにその名前を発音し、椅子を勧めた。

「どんなふうになるんですか？」

本郷敦子も向かいの椅子に座って、カトリーヌ、いや、絵真に聞いてくる。「霊が自分の中に降りてきたような感じになるんですか？」

「それは……よくわかりません。自分でも何が何だか」

ここは、よくわからない、で切り抜けるしかない。

「彼女の亡くなったおばあさんが似たような体質でね。霊に取りつかれやすいんだ。そういう体質は受け継がれやすいんだよ。そう、隔世遺伝というか」

と、友也がもっともらしく説明する。しかも、絵真の祖母の寿美子を亡き者にしてしまっている。しかし、なるほど、とも思った。霊に取りつかれやすい体質は、やはり、男性の友也より、女性の絵真のほうが似合っているし、霊能者や霊媒師に成りすましやすい。

恐山のイタコには女性が多い。

「で、わたしが書いた字は、あなたの友達の何ていったかしら……優子さんの字と同じなの？」

彼女に質問を向けられる前に、こちらから先に質問をたたみかけたほうがいい。

「すごくよく似ています」

「意識して書いたわけじゃないのよ。勝手に指が動いて、そういう字を書いていたわけで……」

絵真は、自分の利き手の右手を見ながら、「自動書記という心霊現象があってね」と、万里子から聞いた話を彼女に繰り返した。

「そうなんですか。そういう文献があって、研究もされているんですね」

本郷敦子は、感心したような表情でうなずいた。

絵真は、両のてのひらで頭を挟み込むようにした。痛みが生じたわけではない。演技だった。せっかく霊能者のカトリーヌになったのだから、それを生かして自分より若いこの女子学生から本音を引き出したいと考えたのだ。

「どうしたんですか？」

本郷敦子が眉をひそめる。

「感じるの」

と、絵真は短く言葉を刻んだ。「優子さんが、あなたを、ひどく、怖がってる」

「ここに……いるんですか？」

本郷敦子が怯えた目をする。

「わたしに語りかけるの。彼女が」

「何て言ってるの？」

と尋ねたのは、紀美子だった。

「なぜ、あのとき、あんなに怒ったのか。わたしの首を絞めるほど、感情を高ぶらせたのか。彼女は、それをわたしに聞いてほしい、と言っています」

こんな素人丸出しの演技が見抜かれないだろうか、とドキドキしながら、しかし、言葉は明瞭（めいりょう）にして本郷敦子に投げかけた。

本郷敦子は、唇をかみ締めて黙っている。

「わたしは悪くない。何もしていない。それなのにひどい、と彼女はあなたを責めています」

絵真は、そう言葉を紡（つむ）いだ。本郷敦子の心をかき乱そうという計算をした上での言葉だった。

「悪くない、ですって？」

計算が当たった。本郷敦子は顔を紅潮させて、声を荒らげた。「何よ、優子はいつもそう」

絵真は、静かにかぶりを振ってみせる演技で応じた。

「自分は悪くない、自分の心の声に従っているだけ、だって」

――どういう意味だろう。

絵真は訝しげな表情を作って、友也と紀美子に視線を移した。

二人は、黙ってうなずいた。演技を続けなさい、という意思表示らしい。

「どういう意味かわからない、優子さんはそう言っています」

だから、絵真は本郷敦子に直接聞いてみた。

「わたしが先だったでしょう?」

すると、本郷敦子は、絵真に向かってすごい形相でたたみかけてきた。「わたしが優子より先に、橋詰さんがいい、って言ったでしょう? わたしが先に唾をつけたんじゃない。わたしが先に告白して、カノジョになって……。そしたら、優子、『わかった、応援するよ』って言ってくれたじゃない。それなのに、わたしに隠れてこそこそと橋詰さんに会って、あげくの果ては、『やっぱり、わたしも橋詰さんが好き』だなんて。それって、裏切りだよ。ルール違反だよ。わかってるでしょう? わたしが『それって、ひどくない?』って言ったら、『自分の心に素直になりたいだけ。うそをつくことに耐えられなくなったの。わたしって、そういう人だから』って。バカみたい。そう、優子ってそうなのよ。バカなのよ。素直バカで、純粋バカ。自分の気持ちに正直になるとか、自分の心の声に耳を傾けるとか、そういう純粋っぽい言葉を持ち出してきて、いつも人を傷つけてきた。気づいていなかったのは自分だけ。自分の心は汚れていない、きれいだと思ってる、嫌な女なんだよ、優子は。あんたは、絶対にカウンセラーになんかなれないよ」

本郷敦子は、一気にしゃべりすぎて興奮したのか、肩を上下させて絵真を睨んでいる。

絵真は、ふっと肩の力を抜いてみせると、「もう彼女は去ったみたい。あなたの本音がわかって満足したのかも。わたしにはもう何も取りついていない」と言った。霊に取りつかれた演技をするのも限界だった。あまりやりすぎるとボロが出る。

――なぜ、彼女が手塚優子の首を絞めたのか。瞬間的に殺意を抱いたのか。

それがわかっただけで充分だった。橋詰という男を巡る三角関係。しかし、その橋詰という男とも、さっき友也が推理したようにとっくに縁が切れているのだろう。何とも淡白な三角関係ではないか。

「疲れたでしょう?」

うつむいて座っている本郷敦子の肩に、紀美子がやさしく手を置いた。「ココアが冷めちゃったから、また何か温かい飲み物をお持ちしましょう」

12

「若いのねえ」

本郷敦子が帰って三人になると、紀美子が言った。「首を絞めたのがあんな理由だったなんて」

「そうですね」

と、絵真も受けて、ため息をついた。「でも、女同士、友達づき合いの中で、二人にしかわからない小さな積み重ねがたくさんあったんでしょう。敦子さんが言った素直バカ、純粋バカ、って言葉には、彼女より六つか七つ年上のわたしには共感できる部分があります。バカ正直の範疇なんでしょうけど。『わたしって、うそがつけない人なの』とか、『心の声に従うことにしたの』なんて、年下の子に目をウルウルさせて、言わなくてもいいことまで暴露されると、『こいつ、本当にバカじゃないか。いや、アホじゃないか』って思いますもの」

「へーえ、そういうものなの。じゃあ、やっぱり、絵真さんも若いわ。そういう感覚は、わたしにはわからないもの」

紀美子は、感心したように首を振ると、「友也はどう?」と、甥の意見を求めた。

「男のぼくは何も言わない。女心はむずかしい、とだけ」

そう言うと、友也は、自分の口に手でチャックをするまねをした。

「手塚優子さんからの返信は、友也さんが書いたんですよね？」

「そうだよ。天から彼女の霊が降りてきて、ぼくのこの指を操って書かせたんだ」

友也は、右手を絵真の前に出すと、ゆっくり振ってみせた。手の甲にうっすらと白い筋のような傷跡が見える。

「そういう意味ではなくて、友也さん自身の意思で書いたんですよね？」

絵真は、すでに見抜いていた。友也は、卓抜した推理能力の持ち主である。その推理能力に触れているうちに、彼がすべて緻密に計算した上で、今日のような舞台を用意したことにも気づかされたのだった。霊能者――霊媒師を演じさせるために自分が呼び出されたことにも、絵真は気づいていた。そう、舞台というからには、小道具もすべて彼が用意したのだろう。色つき眼鏡もラメ入りショールも。

「紀美子さんも知っていたんですか？」

「わたしが知ったのは、絵真さんが来る少し前よ。この子が話してくれたの」

紀美子は小さく微笑むと、懐かしい昔話を始めた。「手塚優子さんの筆跡は、絵はがきを見て似せて書いたそうよ。友也は器用なところがあってね。そういえば、小学生のころ、硬筆展で金賞をとったこともあったわね。鉛筆でお手本どおりに字を書く練習をして、上手に清書できた子の紙を教室に貼り出すの。友也の紙に金紙が貼られていてね。たくさんお母さんたちが並ぶ中で鼻高々だったわ」

「そんなカビの生えた話、よせよ」

友也の口が尖った。

「友也さんの母親がわりだったんですね」

と、絵真は言った。いや、母親がわりではない、母親そのものの目をして、紀美子は話している。が、彼女は友也の母親ではない。叔母なのだ。だから、絵真は紀美子のことが好きでたまらないのかもしれない。

「お二人、いい関係ですね」

ちょっとうらやましい。そんな本音を漏らしただけだったが、

「そうかしら」

と、紀美子がまんざらでもなさそうに顔をほころばせたのに対して、

「どうだか」

友也のほうは意味不明の受け答えをして、「その格好、似合ってるよ」と話題を転じた。

「あっ」

あわてて、色つき眼鏡もラメ入りショールもはずす。急に視界が鮮明になった。

「それ、いまは使ってないものなの。友也に言われて、二階に置いておいたんだけど」

紀美子が申し訳なさそうに言う。

「使ってもらってよかったよ」

「やっぱり、そういう計画だったんですね」

絵真は、友也を睨んでやった。

「いっそのこと、カトリーヌ絵真に改名すればいいよ。本物の霊能者になっちゃえば？」

「冗談やめてよ」

「冗談じゃないよ」

　と切り返した友也の表情は、本当に真剣そのものだった。「おそらく、さっきの本郷敦子もカトリーヌのうわさを広めるだろう。天国から返信があった、といううわさも何らかの形で広がっていくはずだ。君がそうしたようにね。いや、責めてはいない。充分配慮した上で、好意でしてくれたことはわかっている。そしたら、『喫茶ポスト』は、霊界ポストを置いている店としてますます評判になっていくだろう。天国から返信がほしい人たちがさらに大勢集まって来るかもしれない。そうなると、やっぱり、霊のお告げを代筆できる霊能者の存在は必要になる。だから……」

「絵真さん。わたしからもお願いするわ。あなたしかいないの。あなたが適役なの。その役、引き受けてくださらない？」

　と、肝心なところで言葉を切った友也のかわりに、紀美子が懇願した。

「そんな、わたしは……」

　霊能者のふりなんてできない。困惑し、混乱し、逡巡していると、

「さっきみたいに表に出なくていいんだ。そんな必要はない。ただ、ミステリアスな覆面作家のような存在でいてくれればいい。紀美さんも言ったように、霊のお告げの代筆者の

存在は欠かせない。紀美さんはこの店のオーナーでぼくはスタッフだから、表に出ると支障がある。自分たちが霊能者ってことになれば、営業どころではなくなるし、面倒な事態に巻き込まれるおそれもある。だから、『カトリーヌ・エマ』という二十代の若い女性の霊能者がバックにいる、という安定した基盤が必要なんだよ。つまり、君がほしいんだ」

と、友也が熱弁をふるった。

「君がほしいんだ」

のひとことに、絵真は射抜かれてしまった。「わかりました」と、気がついたら身体が硬直したようになって引き受けていた。

「よかった、ありがとう」

紀美子が絵真の手を強く握る。

「でも、実際に返信を書くのは、いままでどおり友也さんなんでしょう？」

「天の啓示があれば」

そう答えて、友也は首をすくめた。「次、いつ降りてくるかわからない。神様は気まぐれだからね」

エピローグ

1

　封筒の中に一万円札が何枚か入っているのを見て、真壁志保は面食らった。

　平日の昼過ぎに、敏子がいきなり志保の家に訪ねて来たのだった。

「お義母さん、これは……」

「返してきたのよ、市田さんが」

　玄関先に突っ立ったまま、敏子は不機嫌そうに答えた。「中にどうぞ」と促しても、頑なに家に上がろうとはしない。

「返してきたって……」

　娘の千夏を助けてくれたことへの謝礼である。立て替えてもらっていた十万円は、三日後に敏子に渡した。夫の浩も「母さんのやり方でいいんじゃないの」と、いとも簡単に容認してくれた。その十万円を市田義之が返してきたというのである。

「『やっぱり、心苦しいです、いただけません』って、市田さんは言ってたわ。感謝状も戻してきたし、警察の表彰の話も辞退するそうよ」

「心苦しいということは、もしかして、彼が千夏を助けたというのがうそだからですか？」

思いきって、ずっと心に抱いてきた疑念をぶつけた。

「たぶん、そうなんでしょうね」

意に反して、敏子はあっさりと認めた。「新聞社から改めて、確認の電話があったことも影響しているみたい」

「千夏を助けた人が別に現れたのですか？」

やっぱり、と志保は心の片隅で快哉（かいさい）を叫んでいた。だったら、本物の命の恩人の男性に会ってみたい。

「いいえ」

だが、本物の命の恩人に会うチャンスはあえなく消えた。「新聞社からもそういう報告はなかったそうよ。あのね、うちの会あてに、怪文書みたいなものが届いたの」

「怪文書？」

「線路に落ちた女の子を助けた男性を知っている、という人からの手紙で、市田義之さんはうそをついている、ってね」

やっぱり、そうか、と志保はふたたび内心で快哉を叫んだ。千夏を助けた男性が別にいる、とわかっただけでいい。それで満足だ、と思った。偏見ではないか、と責められるか もしれないが、市田義之は、志保の描く命の恩人像からかけ離れた男だったのだから。

「だけど、わからないでしょう？　その手紙こそうそかもしれないし。千夏を助けたっていう男性がどこの誰かも書いてないし、そもそも差出人の名前が書かれてなかったのよ。いくらでもうそなんかつけるじゃないの」

口元に生じた小さな笑みに気づかれてしまったのだろう。敏子は強い語調で、会員である市田義之をかばう持論を展開した。

「そうですよね。いくらでもうそなんかつけますよね。目撃者が現れたり、防犯カメラの映像が出てきたり、指紋が検出されて、それと照合したりしないかぎり。これからだって、『ぼくこそが命の恩人です』と、名乗り出る人が現れる可能性もありますよね。もしかしたら、十人、いえ、百人現れるかもしれません」

せいいっぱいの皮肉をこめて切り返したら、敏子の顔がこわばった。

――これからはもう、「人の道実践会」にしつこく勧誘されることもないだろう。

言葉に詰まっている敏子を見て、志保は溜飲（りゅういん）が下がる思いがした。

2

片岡絵真が霊能者として本郷敦子と対面してから九日後、手塚優子を殺害した犯人が逮捕された。

犯人は三十三歳の無職の男で、三か月前に都内の留守宅に侵入しての盗みの疑いで逮捕され、取り調べられていた男だった。余罪を追及されて、手塚優子を殺害した犯行を告白したという。

——留守宅だと思って玄関ドアを開けたら、鍵が開いていて、すぐそばの台所に部屋着姿の若い女性がいた。ムラムラして襲ってしまった。殺すつもりはなかった。

犯行の動機も、友也が推理したものとほぼ同じだった。

紀美子は、事件が解決したお祝いに、という理由でもなかったが、区切りのつもりで、投函(とうかん)しないままになっていた姉あての手紙を店内の赤いポスト——霊界ポストに投函した。すると、二日後にはもう反応があった。店が休みの前日、水曜日の夜に投函したので、当然、木曜日には客からの投函はない。したがって、霊界ポストの鍵を開ける必要もない。

金曜日の朝、二階で朝食の用意をしていると、三階から友也が降りて来て、「天国から返信ありだよ」と、ダイニングテーブルの上に一枚の便箋(びんせん)を置いて行った。

＊

紀美ちゃん、ご無沙汰（ぶさた）しています。

わたしは、天国からずっとあなたと友也を見守っています。

ここに来てからどのくらいたつのか、まだこの世界のルールはよくわからないのです。天国と霊界の違いとか、この世界における空間や時間の概念とか。

まだ克也さんにもお父さんにもお母さんにも会えないでいることが、不思議なことなのか、あたりまえのことなのかもわかりません。

ときどき、わたしの意識が目覚めて、下界のあなたや友也の様子がのぞける、そういう状態とだけ言っておきましょう。肉体の感覚はないのに、意識ははっきりしているのです。

紀美ちゃん、ありがとう。友也を一人前にしてくれて。

これからも、いままでのように、あなたの思ったとおりにすればいい。

友也ももう大人です。彼のしたいとおりにさせればいい。

わたしはもう何も心配していません。

これからは、紀美ちゃんも自分の幸せを見つけてください。

最後にもう一度言います。

紀美ちゃん、いままでありがとう。友也を育ててくれてありがとう。

＊

筆跡は、紀美子の記憶にある華江のものだが、器用な友也のことだ。死んだ母親が遺(のこ)した手紙や日記の類(たぐい)を見て、母親の筆跡に似せて彼自身の心のうちを書き綴(つづ)ったものかもしれない。だが、本当に、霊界の華江の言葉を代筆したものかもしれない。いずれの可能性も否定しきれないのだ。

――どっちでもかまわない。

紀美子は、緩やかにかぶりを振ると、うっすらと微笑(ほほえ)んだ。

二人でこの「喫茶ポスト」を守っていく。ただ、それだけだ。いいえ、二人ではないわね。絵真さんもいる。カトリーヌ・エマさんが。

本書は、ハルキ文庫のための書き下ろし小説です。

ハルキ文庫

神様からの手紙 喫茶ポスト

著者　新津きよみ

2016年10月18日第一刷発行

発行者　角川春樹

発行所　株式会社角川春樹事務所
〒102-0074 東京都千代田区九段南2-1-30 イタリア文化会館

電話　03(3263)5247(編集)
03(3263)5881(営業)

印刷・製本　中央精版印刷株式会社

フォーマット・デザイン　芦澤泰偉
表紙イラストレーション　門坂 流

ISBN978-4-7584-4041-7 C0193 ©2016 Kiyomi Niitsu Printed in Japan
http://www.kadokawaharuki.co.jp/[営業]
fanmail@kadokawaharuki.co.jp[編集]　ご意見・ご感想をお寄せください。

新津きよみの本

彼女の命日

「あなたの大切な一日、私に下さいませんか」――35歳の会社員・楠木葉子は、ある日、帰宅途中に胸を刃物で刺されて死亡した。が、一年後に別の女性の身体を借りてこの世に戻ってきた……。現代に生きる女性の揺れ動く心情を繊細に描く、切なく優しい傑作長篇。

彼女の遺言

独身で仕事ひとすじの啓子は、54歳という若さで亡くなった。啓子の親友・宏美は、遺品として不思議な梅酢を受け取る。その梅酢で十円玉を磨くと、十円玉の製造年に五時間だけ意識が戻るらしい。宏美は啓子の幸せを願い、彼女を結婚させるために意識のタイムスリップに挑むが……。

ハルキ文庫